친애하는

괴수

에게

친애하는 고수에게

초판 1쇄 인쇄 2012년 07월 17일
초판 1쇄 발행 2012년 07월 24일

지은이 Ⅰ 유종우
펴낸이 Ⅰ 손형국
펴낸곳 Ⅰ (주)에세이퍼블리싱
출판등록 Ⅰ 2004. 12. 1(제2011-77호)
주소 Ⅰ 153-786 서울시 금천구 가산동 371-28 우림라이온스밸리 C동 101호
홈페이지 Ⅰ www.book.co.kr
전화번호 Ⅰ (02)2026-5777
팩스 Ⅰ (02)2026-5747

ISBN 978-89-6023-932-6 03810

친애하는
괴수
에게

유종우 시집

ESSAY

서 문

　감파른 밤하늘, 어둑한 들녘에 단꿈처럼 반짝이는 깃털을 날리는 아스클레피아스. 감미로운 꽃향기를 더없이 환하게 비추는 연노랑 빛깔의 달을 마주한다.

　아니, 아니야. 먼 것 같다. 가까이 가서 봐야지. 문을 박차고 달려가 언덕 위 달과 대면한다. 저곳까지의 거리는 얼마나 될까? 달은 내 귓가에 대고 부드럽지만 또박또박한 목소리로 말해준다.

　"바로 네 앞이다."

　달의 주기. 외양은 시간이 지남에 따라 변화무쌍하게 바뀌지만, 근원은 하나. 표정은 달라져도 다시 제자리로 돌아오는, 자연의 법칙을 여실히 보여준다.

　초승달을 응시한다. 개나리꽃이 눈 녹듯이 머리 위로 흘러내린다. 지나버린 시절과 아득한 기억이 불현듯 내면에서 샘솟는다.

　상현달을 지켜본다. 평안하게 떠가는 구름과 상긋하게 불어오는 실바람이 어우러져 온화하고 잔잔한 분위기를 자아낸다. 어스름한 하늘가에 감미로운 빛을 칠한다.

보름달을 바라본다. 눈부신 노란빛이 한데 모여 넘치는 충만함으로 젖어든다. 잠든 대지를 다사롭게 감싸며 애틋하고 친밀하게 다독인다.

날마다 되풀이돼도
모습은 바뀌어도
드넓은 희망의 광채는
언제까지나 깨지지 않으리.

둥근 달이 어린, 호숫가 남자줏빛 잔물결 위에 시집 '친애하는 괴수에게'를 띄운다.

별빛으로 충만한 밤하늘을 바라보며
2012년 7월 **유 종 우**

차 례

1부
축복처럼 아침처럼

2부
나침반을 찾아서

4부
친애하는 괴수에게

1부

축복처럼 아침처럼

출정

내가 너를 본 게 언제던가

청새치는 한 곳에 머물지 않고
희끄무레한 월광을 쫓아
넘실대는 파도를 타고 항해를 시작한다

거친 물살도 그에게는 신 나는 놀잇거리
작은 모래알처럼 천진난만한 눈발을
상록활엽수가 우거진 녹지 위에 하얗게 덧칠한다

반가운 제비갈매기
하늘가 구름 위로 치고 올라갈 때

강렬하게 가슴에 와락 안겨 오는
청량한 해풍의 귓속말
내가 별을 본 게 언제던가

청새치는 웃음을 흘리며

푸르디푸르게

출렁이는 바다를 박차고 뛰어올라

모든 별을 품에 안고야 만다

매끈한 맵시로 공중에 새맑은 빛을 비추듯

순간의 정점으로 지금 달려가는 거야

물결로 부딪치고 빛으로 만나

밝음이 비안개 같고
다르지 않을 때
지쳐 있는 가슴 깊숙한 곳에서

짙은 밤하늘 티 없이 맑은 은하
청색 강물이 되어 흐른다

그 모습은 한결같아도
푸른빛의 깊이를 쉽게 가늠할 수 없듯

담아낼 수 없는 안타까운 심정
새벽녘 흑색 바다에
백색 심상으로 띄워 보낸다

무던히 참고 견뎌 온 나날
아득한 시간 너머로 희미해져 갈 때

모두 잃어버린 줄
놓쳐 버린 줄 알았는데

흐트러진 머리칼 사이로 선명하게 보이는
그윽하고 따스했던 폭풍 같은 여명아!

비록 지금은
흐릿한 수증기 속에
어렴풋이 일렁일 뿐이지만

또 다른 시간
눈부신 순간이 도래하는 그날

너와 나는
물결로 부딪치고 빛으로 만나
파랗게, 하얗게 굽이쳐 흐를 수 있으리라

청명한 바람이
불어오는 곳에서

떡갈나무 아래서

하얀 태양이 소복이 쌓인 산기슭에
막힘 없이 웅부하게 뻗어 있는
떡갈나무 한 그루
그 아래 조그만 청서가
햇빛에 반짝이는 나뭇잎들을
가만히 올려다본다

비탈진 곳에서 피어난 원추리 꽃이
아무도 모르게 주황색 여운을
바람에 살짝 띄우고
그것은 어느새
가랑잎에 휘감겨 회전하며
신비로운 빛깔을 사각에 입힌다

때마침 그곳을 지나가던 목객 하나
찬란한 광색에 어지러워, 눈이 부셔
나무랄 데 없이 빼어난 재목에 감탄하며
들고 있던 날카로운 연장을
떡갈나무에 들이댄다

그 순간 어디선가
강물처럼 깊숙이 밀려오는
그윽한 심원의 목소리

나그네여, 그 칼을 놓으시게나
나그네여, 그 칼을 거두시게나

무언가
이끌려는 듯
반복되는 음성에

그의 손을 떠나
그의 가슴을 떠나
마침내 무너져 내리는 퍼런 칼날

수풀에 숨어 있던 청서가
나무 위 높은 곳으로 뛰어오르고
원추리 꽃잎이
남실바람에 가벼이 날리며
그의 얼굴을 어루만지듯 스치고 지나간다

당신과 닮은,
넉넉한 마음이 넘쳐흐르는
계절이 오면

그대 두 손에
떡갈나무 고운 빛이 가득 담긴
도토리 한 움큼을
쥐여 드리다
꼭 전해 드리다

축복처럼 아침처럼

어제와 같은

맑은, 푸른, 청아한 밤에

한 발자국 한 발자국

아득한 하늘 저 높은 곳에서

잎마다 생기를 더해주는 유리 방울같이

투명한 살얼음 조각들이 반짝반짝 걸렸다

이 시간 다른 곳에서도

깊은 밤만큼 깊은 한숨 내쉬며

거닐고 있는 이

또 있겠지, 그래 있겠지

그 사람 역시 상대를 그리며

연미색 신비로운 오로라를 공유하겠지

그를 따라

살랑살랑한 산들바람이

폭신폭신한 뭉게구름이

찰랑찰랑한 에메랄드 산홋빛 냇물이

함께 하겠지

바람이, 구름이, 냇물이
유성처럼 폭포수처럼 쏟아질 때
그들을 환하게 비춰 주겠지
아침처럼 축복처럼

파키라

거실에 남아메리카가 있다
천장을 향해 뻗어 가는 고도의 입술
협곡을 따라 기우는 그림자 사이로
드넓은 초원이 펼쳐진다
어린 신발을 신고 섬이 된다
격자로 깨어져 나가 안으로 차오르는
견고한 회전력
수돗물은 하루 묵혀서 주세요
온몸으로 준비된 출발
반그늘에서도 가공할 최대출력
베타의 푸른 꼬리지느러미에 대해
회의할 수 있다
나아가야 해
으슥한 곳에서 튀어나와
철창에 갇힌 괴수처럼
자신을 진동시키는
후덥지근하고 침울한 현실

오래 전부터 이어져 온 아찔한 그림자
주위를 둘러봤을 때
궤도를 이탈한 콘크리트 난파선과
허락 없이 끼어든 무수한 소음뿐

무릎 꿇고 눈을 감는다
빛처럼 나아가야 해
광선처럼 뻗어 나가야지

내가 다가선 순간
너의 눈이 열린다

창가에 밤이 비친다

반쪽짜리 별을 가슴에 품고

창 밖에서 너를 건져 올린다

어둠 너머 먼 데로

떠나버린 걸 누구보다 잘 알면서도

내버려두지 못하고

다시 끄집어내, 서글픈 눈으로 바라만 본다

깊이를 가늠할 수 없는 공허감

가누기 어려운 마음을

잠시라도 예전처럼 돌려놓을 수 있다면

너를 향해

아득하게 가라앉는 헝클어진 심정

이제는 버릴 수 있다고

수 없이 다짐해 보지만

가슴 한쪽에서 떠오르는

미련한 목소리

너를 앞에 두고 나지막이

불러 볼 수 있다면

빈 가슴

익숙하지는 않지만
낯설지만도 않은 곳에서
우두커니 서 있다
무엇을 찾아 여기까지 왔나
훌훌 털어 버리고 나풀거리듯
방긋거릴 수 있는 대상을
행여나 만날 수 있지는 않을까
이면의 모퉁이를 돌아
꺾이어 좁혀진 길 위에
텅 빈 그림자를 누이면
지면의 퉁명스런 표정에 그 모습이 어그러지고
양옆으로, 먼 곳으로 기다랗게 잠겨 있는
담장들을 지나
갈피를 못 잡고
헤엄치듯 수척한 발걸음을 옮기면
기다려 주는 곳 하나 없고
모두 낯모르게, 굳게 닫혀 있을 뿐

쓸려 버릴 듯

한참을 헤매다 멈추어 선 곳

어린 시절

정겹고 천진하게 뛰놀던 보금자리

비스듬히 열려 있는 문틈 사이로

환하게 초록빛으로 웃고 있는

한 어린아이와 마주한다

바람이 불어온다

투박한 두 손에는
지금도 네 모습이 비치는데……

물기 젖은 회백색 설원이 번져온다
하늘과 맞닿은 산봉우리를 타고
아래로 아래로 내려온다

뿌연 먼지 연기처럼 일으키며
고개 너머 먼 곳에서 산풍이 불어온다
하늘빛 냇물 말굽으로 박차고
깊은 골짜기 메아리처럼 울리며
청록색 산이 되어 큰 소리로 뛰어온다

실바람이 센바람으로 바뀌고
머리칼이 폭풍처럼 나부껴도

산들바람

남풍의 음빛깔로

네 앞에

이 못난 두 손을 내민다

내 하루에

막다른 길에
홀로 남겨진 후
흙먼지에
눈이 따갑다고 중얼대며
연신 비벼댔지
한때는
한 곳만 쳐다보고
그 불빛만 기다렸는데
이제는
연기를 걷어내고 걷어내도
보이지 않는 형체
가물거리는 게
영 잊힌 기억이다
수없이 말해 보아도
내 하루에 네가 없다면
그것도 거짓말

선물

당신을 생각하며 포장합니다
파란 하늘 뭉게구름 사이로
기쁨에 겨운 한 마리 노랑나비처럼
환하게 웃을 당신을 그려봅니다
해변의 모래처럼 안온하고 은은하게
볕을 비추는 사람
밤바다에서도
하얗게 부서지는 파도를 만날 수 있듯
대지가 잠들고 철새는 떠나도
나는 당신에게서 진정한 삶의 환희를 봅니다
강가에서 갑작스레 튀어나온 수달을 보고
깜짝 놀라 반갑게 인사하듯
새하얀 진주 백합 같은 미소가
당신의 입가에 민들레 깃털처럼 번져가길 기원합니다
포장이 다 되어 갑니다
포장지 모서리 부분이 구겨지거나
접히지는 않았나 주의합니다

혹시 그렇다면 다시 반듯하게 펴 봅니다

이 선물을 받고

당신의 하루가 말끔하게 펼쳐질 수 있도록

너에게 부족한 나는

나는 아무것도 모르고

너 하나만 알아보지 못하고

모자라고 미련했다

내게 바보 같다고

한숨 섞인 말을 건네던 사람

괜히 해 본 소리인 줄

지나가는 우스갯소리인 줄 여겼는데

나는 명쾌하지도 윤택하지도

의연하지도 못해

한 발 뒷걸음치며

보드레한 그대의 손도 힘주어 잡을 수 없었는데

이제라도 되돌릴 수 있다면

맞서서 거슬러 올라갈 수 있다면

눈 감고 그대에게 다가서리라

두 눈 꼭 감고 가슴으로 안으리라

어리석던 지난날을 꾸짖듯

너의 음성은

깨지지 않는 울림이 되어

지금도 귓가에 서성이고 있는데

밤길

어둠이 회오리치는 밤길을 걷는다
뚝 떨어져 외진 길을 걷는다
빈 곳을 향해
하루에도 여러 번 되풀이 되는 눈맞춤
이미 곁에 와 있는 건 아닐까?
어디선가 날아와 주지는 않을까?
둘러멜 가방은 한 손에 든 채
가만히 어깨를 비워둔다
지친 날개 쉬었다 가려무나

등화

벌겋게 일렁이는
심지의 불꽃

흔들리고 있는가

믿음 전에
어김없이 바람이 불고

밤은
등불이 있어
밝힐 수 있다

벽에 걸린 통로

선과 선, 면과 면은 모서리에서 만나고
북적이는 사람들 겹메아리에 긴장이 돼
낯설어, 해결이 안 돼
우두커니 의자에 앉아 있어도, 여유 있는 척
한없이 치우쳐, 기울어져, 곤두박질쳐
그제야 껍질 벗은 혼자만 아는 품위 있는 가식
사람들은 이야기하지
박하네, 이슥하네, 지루하네, 멀쩡하네
불을 끈 현실
숨바꼭질, 첩보 작전 오늘은 이만
어떤 이는 집에 있는 몇 가지 재료로도
그럴듯하게 뚝딱 지어낸다마는
내겐 그런 재주가 없어
재능이 없어
어지간하다, 그만해라
되뇌어 보아도
눈앞을 가로막는 텁지근한 실재

탈출구를 찾아 간신히 손잡이를 밀어 보지만
압력 때문에 잘 열리지도 않아
겨우 바깥으로 나오려는데
순식간에 매몰차게 닫혀 버린다
나중에 나가야지

사월

유리창이 더 투명해졌나

화단의 매화나무 한 그루가
하얗게 덮쳐 온다

내게 하나뿐인 너는

내가 바라보는 너는
설레는 아침

내가 불러보는 너는
못다 한 노래

내가 그려보는 너는
안타까운 무지개

내가 추억하는 너는
비에 젖은 달빛

겨울의 창

어휴, 추워라
비까지 내린다면……

맨숭맨숭한 언덕배기
저문 해 내몰 적에

구들방 아랫목
뜨끈한 오미자차
겨울 한기를 녹인다

제집으로 돌아간
염소 떼는 이제 보이지 않고

넓디넓은 초지
어둑어둑 스쳐 가는 찬 바람결에

논병아리 한 마리가
떠날 채비에 여념이 없다
애처로운 날갯짓 소리……

봄이 오는데

아무 말

난 나 같지 않고
지금은 그렇지 않고
가라앉지 않고

아무 말
아무 말이라도

한마디 말이 그대를
붙들 수 있다면
멈춰 세울 수 있다면

먼 곳 어디쯤일까

자꾸 돌아보고
하염없이 돌아보고

어렴풋한 잔상에
손을 담근다

2부

나침반을 찾아서

숯불

잠시 한눈을 판 사이
모습이 보이지 않는다
가까운 데 어디 있겠지
아무리 찾아보아도, 불러 보아도
짙은 안개에 부딪혀 돌아오는
공허한 메아리만이

얼마 뒤
바닥에 납작 엎드린 채
차갑게 식어 가는
하얀 숨결을 본다

기다림의 시작

천천히 몸을 누이고

지난날부터 현재까지

기억 속에 접혀 있던 사진들을

한 장씩 꺼내 본다

처음과 마지막이 같은 사진첩

내 기다림의 끝과 시작 또한

다르지 않다

많은 날이 지나버린

지금까지도

너와 나의 손끝은 맞닿아 있으며

서로의 존재를 확인하고 있다

자리에서 일어나

닫힌 창을 열고

시선이 닿을 수 있는

가장 먼 곳을 주시한다

나를 바라보고 있을 너를 찾는다

돌솥비빔밥

점심시간
담벼락을 뛰어넘는 본성에
솔직하게 맞장구치는 시간
숨길 수 없는 부르짖음으로
박동하는 온몸
선반에서 떨어진 쟁반에 부딪힐 때보다
더 강렬하게 분화하는 활화산

저도 돌솥비빔밥을 먹고 싶습니다!

짧고도 긴 기다림의 끝
이윽고 뜨끈한 비빔밥과 포옹하듯 마주했다
돌솥 안에서 다소곳이 자태를 드러낸
애호박, 콩나물, 무채, 고사리나물
그리고 맨 가운데 자리 잡은 달걀노른자
육교 위에 서서 오가는 차량을 한눈에 확인하듯
깨지지 않는 단꿈에 흔쾌히 동참할 수 있었다

숟가락에 기인한 시달림의 끝
지면이 융기하고 산천 수목이 출렁이듯
자연이 베푸는 숭고한 희생과
보이지 않는 손길의 살보드라운 여운이
한데 어우러져
태곳적 불그레한 나비 한 마리로 승화해 있었다
상긋하고 성대하게 차려진 피할 수 없는 사명
한 그릇, 그 애틋함이여!

거참, 오늘 융숭한 대접 한 번
잘 받고 갑니다

사람의 얼굴

기다란 사람
사람은 기다랗다
비껴가기 쉽게
적적하기 쉽게

동그란 얼굴
얼굴은 동그랗다
웃음 짓기 쉽게
매만지기 쉽게

가맣게 밀려간대도
나는 나는
동그란 얼굴만 남더라

어딘가를 향해
돌아누운 설움

함박꽃

당신의 치맛자락에
꽃잎이 묻어가오

분홍색 고운 자태
한 떨기 함박꽃 같구려

사과 꽃잎, 매화 꽃잎, 살구 꽃잎이
당신 주위를 맴돌다
살며시 흐트러지고

그 중에 하나
어느새
바람에 날려 와

내 가슴에
꽃잎 한 장 남기는구려

단추

내 말소리에는
무언가 한 가지가 모자라다
내 웃음소리에는
무엇인가 한 가지가 부족하다

어디에 두었는지
어디로 사라졌는지
찾을 수만 있다면

늦은 밤
찬바람에 펄럭이는 겉옷을
여밀 수 있을 텐데

소릿결

소리가 들리나요?
진동이 다른 음색
속도가 다른 음향

모두 당신을 향하고 있어요
다르게는 생각하지 마세요

지금 당신은 밀려오는 음파 속에서
두 발로 온전히 서 있잖아요
그 소릿결과 같은 차원에서 존재하잖아요

귓전에 부딪혀 부서져 내리며
온몸에 차갑게 밀착되는 느낌
형용할 수 없는 찰나의 환희

진공상태에 놓인 채
부유하는 미립자와 어찔하게 교감하는 기분

느껴지나요?

소리가 들리나요?

당신은 당신 자신의 연원

오로지 현재를 위해 존재하는 거예요

귀를 열어요

귀로 들어요

소리가 들리나요?

진동이 다른 음색

속도가 다른 음향

갯강구

낮볕이 좋아
스르륵
바위 틈새로 회갈색 갯강구 한 무리

오가는 파도 집채만 한 소리에
납작한 몸뚱이
놀란 가슴 쓸어안고

만남과 이별만
진종일 수천 번

헤아릴 수 없는 시간
단절 없는 만물의 연속
안과 밖
암흑과 이상향으로

수없이 교차하는 희비가
다하도록 수천 번

멈추지 않는 강

사람이 있다 하자
한 사람이 있다 하자
잊을 수 없는 사람이 있다 하자
무엇이 이토록 사무쳐
멈추지 않는 강이 되어 흐르는가
끝을 알 수 없는 강이 되어 흐르는가

기지개

상수리나무 그늘서
낮잠 자던 아이는
잿빛 찌르레기 소리에
슬며시 눈을 뜬다

누운 채로
팔을 머리 위로 쭉 펴고
다리에 힘을 주어
좌우로 힘껏 내뻗어 본다

나른한 오후를 즐기기라도 하듯
걱정거리가 무어냐는 듯

채색화

조색판 긴 벽을 타고 올라간다
색동저고리 윤택한 평야를 배회한다
퍼석한 갈대 머리채 잡고
온갖 칠감에 배터리 단다
설원 아니 텅 빈 내 머릿속
조수 간만의 차만큼 명료한 가짓수
사계절 아우른 천연 색상인데
몇 날 며칠 생활비인데
더할수록 아물거리는 행방
말 못할 우중충한 사연
이것이 내 발자취입니까?
눈뜨면 마주하기 안쓰러운 전쟁터
어디 걸어 둘 수도 없는
길 잃은 추상화
거대한 물고개가 되어 출렁인다
구석진 곳에서
부끄러워하는 흑백사진이 된다

이슬방울

청록색 숲의 싱그런 나뭇잎들이
햇빛에 바래지지 않듯
내면에 자리 잡은 단상은
쉽게 옅어지지 않는다
해끄무레한 빛살이 나를 감싸다가 사라지고
봄바람이 두 뺨을 다독이듯 훑고 가면
어느 틈엔가
빗물이 살며시 내리며
어깨를 어루만진다

영원할 줄만 알았던
애틋한 순간들

잠시 머무르다가 흩어져 버리는
이슬방울이 되어
허전하고 외진 눈썹 밑으로
안밀히 젖어든다

푸른 풍뎅이

비겁한 자는
변명 늘어놓기 바쁘고

거짓된 자는
가장하는 데 여념이 없다

안온한 삶을 위해
가슴 때리는 심연의 울림을
외면한 적은 없던가

자신도 모르게 푸른 풍뎅이를
곁에 두지는 않았나

위선과 가식으로 점철된 모습을
거울로 똑똑히 바라보라

유리병 속에 소금을 계속
채우려 드는 한
푸른 가음이 울린다

푸른 객체가 웃고 있다

침범

넘을, 한 마리 범아
세울, 한 마리 범아
산야를 넘어 백운을 세울 범아

장쾌한 기상이 예 있어
동풍에 수목이 흐르고
일조에 하천이 우짖는다

눈을 크게 뜨고 정면을 주시하라

석양이 뉘엿뉘엿 기울면
활짝 핀 월광을 따르리니

공중에 가벼이 뛰어올라
천 갈래 결을 수면에 입히고
설원에 눈발이 휘날리도록 목청껏 내지르리라
천지가 뒤흔들리도록 속풀이 거하게 하리라

새 소식

태엽을 감는다
넉넉한 마음으로 벙글벙글
웃을 수 있게

연보랏빛 나팔꽃이
닫힌 창을 열면
어린아이 발로 뛰어가 마주하리라
소리 없이 다가온 새 아침을

눈인들 봄바람에 놀라고 싶었을까
바람인들 겨울 눈을 내몰고 싶었을까
지난날은 가고
봄꽃은 피는데

반가운 소식을 담은 맨 첫 장을
천진한 웃음이 먼저 받아온다

나를 비추어 준다

벽면에 손바닥을 갖다 대면
처음에는
아무 느낌이 없는 것 같지만
차츰 벽과 교감하고
나아가 사물과 소통하게 된다
그 안에서 가장 큰 존재감으로
너를 느낀다
가까이 바라보는 동안
원하던 모든 답을 얻을 수 있듯
변하지 않는 기억만으로도
너는 가장 밝고 따뜻하게
내 삶을 비추어 준다

새벽녘 한적한 도롯가에는
나란히 서서
서로 환하게 밝혀 주는 가로등이 있다

꿀

네 슬픔을 모두 뽑아

눈물만큼 깊어진

감미로움이여

나침반을 찾아서

손이 미끄러져 아끼던 찻잔을 깨뜨렸다
팥죽색 소파에 앉아 아쉬움을 되새김질한다
셔터를 내리고 건물 옥상으로 줄행랑
희뿌연 연기만 가득한데

어린 시절, 달나라 여행은 코앞인 줄 알았는데
여태껏 꿈속에서도 가 보지 못했지
비행기 타고 흘러가는 적운 내려다본 게 다일세
인근 야산 멧부리 같은, 좁고 어둑어둑한 계단
내려가면서 짚어 본 코끼리 피부 같은 벽면

다시 마주한 거실, 한여름 눈발이 몃서서 다발이
지금은 우주 시대,
십 년 된 조립식 컴퓨터만 깨작깨작
현대는 인터넷 시대,
값싼 옷 세 벌 사면 그 중에 하나라도
건지면 횡재지

조여 오는 최신 패션, 나는 모델이 아니다
여기 거울 좀 갖다 줘요, 거울이 깨진다
변함없는 체중계, 걸어온 삼십 분은 어디로

낯선 여자는 나를 왜 유심히 쳐다봤을까
음울한 인상 좀 치워주세요, 세수를 안 했나
아직 그것밖에 못 했는가, 어른거리는 직장 상사

야밤에 물을 주고, 다시 주고
날리는 먼지 이불 속으로
매일 반복되는 여름밤의 악몽
학교를 다시 다니라니요?
재입대를 하라니요?

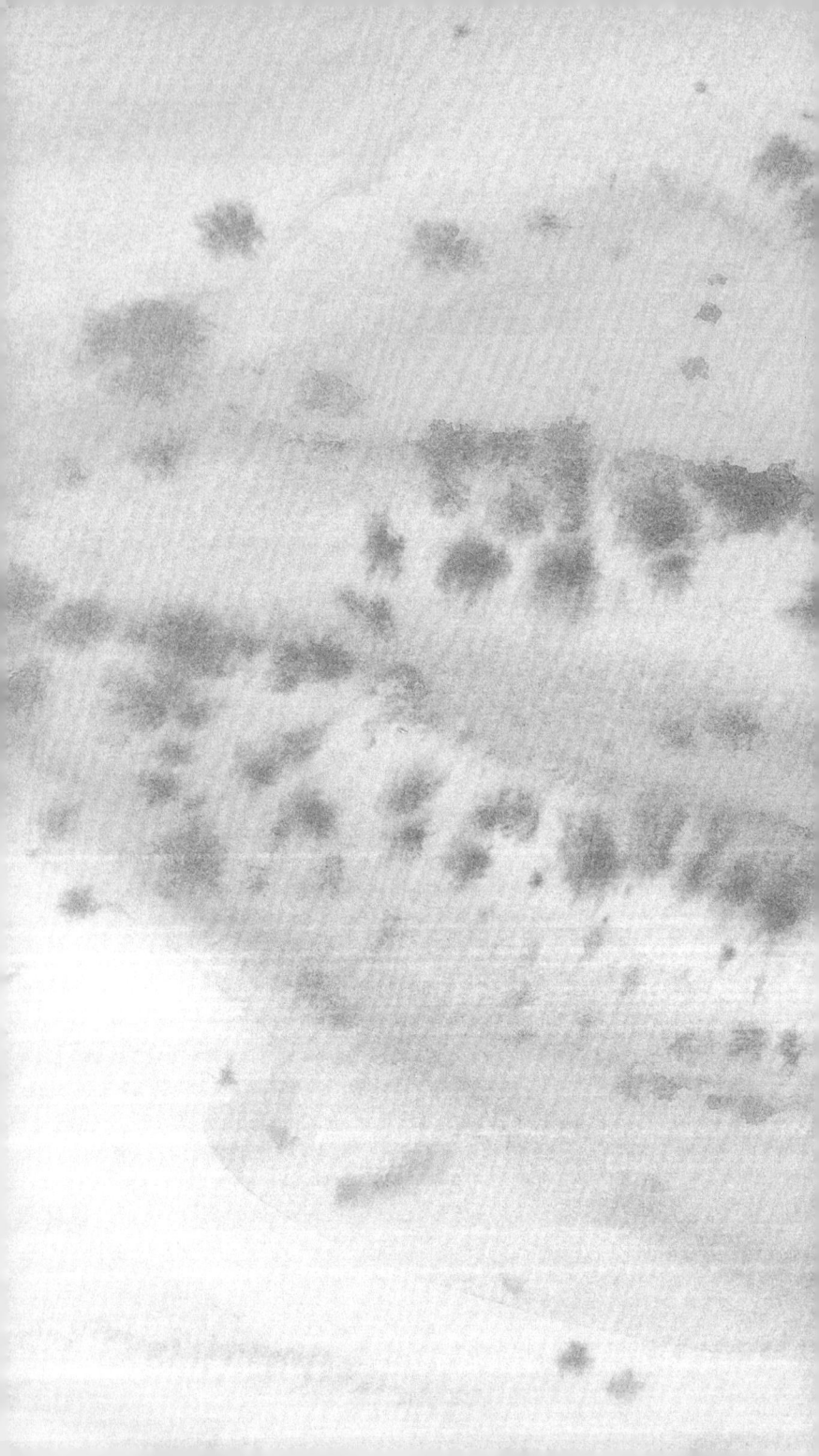

3부

그대에게 간다

고향 길 따라

버들잎 따라
황톳빛 고향 길
거닐다 보면

햇빛 보드랍게
입 맞춘
맑은 시냇가

두 손
두 발
고이 담그고
눈을 감으면

바람이
냇물이
꿈결처럼
흘러만 가네

엽서 한 장

한가로운 오후
책 한 권을 집어 들고
펼치는 순간
엽서 한 장이 떨어졌다
유효기간이 이미
십 년 이상 지난 독자 카드였다
생각을 적어
수취인에게 보내고 싶어도
이제는 보낼 수 없는
오래된 엽서 한 장이었다

풀잠자리

갈 곳을 잃은 건
나뿐만이 아니었다

어디서 날아든 걸까

혹시라도 있을지 모를
보이지 않는 숲을 찾아
집안을 배회하고 있는
연둣빛 풀잠자리 한 마리

길을 찾지 못한 걸까?

살며시 창가로 다가가
네모난 하늘을 연다

너일 수밖에 없는 이유

나의 현재, 미래 그리고 과거까지도
너로 말미암아 벅찬 자유를 느낀다
청량한 해방감
지금껏 살아오면서
이토록 뚜렷하게 우러나오는
내면의 열정을 경험한 적이 있던가
온몸으로 일어서는 설렘과
가마득한 곳에서부터 점차
모양새를 갖춰 가는 망설임 없는 확신
어느 순간
사라져 가는 것들에 대해
자꾸만 무뎌지는 게
느끼지 못하는 세 두려웠지만
내게 손을 내미는 완전한 이 시간
마침내 움츠려 있던 마음을 세운다
흩어져 있던 나를 모아
다스한 너의 소리를 듣는다

물빛

욕조에 물을 붓는다
채우면 채울수록 더해가는
초여름의 청청한 빛깔

안에서부터 발현돼 나오는
말그레한 색을 간직하고서도

하늘을 껴안을 줄 아는
넉넉한 마음씨

있는 듯 없는 듯
곁에 머무르다가

화기롭고 보드레한 얼굴로
물 위에 밝은 빛살을 띄운다

활

몸짓을 살핀다
움직임을 따른다
잠겼던 해가
용맹한 전사의 곧은 정신처럼
결을 세워 찬찬히 떠오르고
햇살이 퍼져 가는 소나무 숲 외곽을 따라
샛바람이 부드럽게 스쳐 지나간다

남자는 몸을 숙이고
숨을 죽인 채
표적을 향해 한 걸음씩
빠르게 접근해 간다

점점 크게 다가오는
황갈색 노루 한 마리
노루는 촉촉이 젖은 풀잎과 잎사귀를
맷돌처럼 튼튼한 턱으로 으깨 먹으며
모든 감각을 열어 주위를 살피고 있다

남자는 노련한 사냥꾼

풀씨가 바람에 흩날릴 때보다

더 고요하게

풀벌레가 나무즙을 마실 때보다

더 잠잠하게

들고 있던 활대를 눈앞에 정직하게 세우고

활시위에 화살을 얹는다

노루를 주시하며

활줄의 긴장이 최고조에 달할 때까지

온몸의 신경을 집중해

화살을 힘껏 당긴다

겨냥하고 있던 노루를 향해

그것을 쏘아 올리려는 찰라

노루는 머리를 갑작스레 남자 쪽으로 돌리고

사냥꾼을 처다본 노루가 소스라치듯 놀라

몸의 방향을 틀며 뛰어오르려 하자

근처 수풀 사이에 숨어 있던 새끼 노루가

고개를 빼꼼히 내민다

어미를 올려다보는 새끼 노루
절망감에 흔들리는
어미 노루의 젖은 눈망울

짧은 순간이었지만
남자는 가족을 생각했다
매 끼니를 콩 줄기와 나무 열매로
연명해야만 했던 아내와 어린 자식들

그는 거친 숨을 몰아쉬며
모든 힘을 쏟아
활대를 불끈 거머쥔다

당겨야 한다
화살을 쏘아야 한다
그래야 한다

노루는 방향을 결정한 듯
재빨리 몸을 사냥꾼 반대편으로 틀어
공중으로 펄떡 뛰어오르고
새끼 노루도 어미를 따라
사력을 다해 날쌘 동작으로 뒤따른다

기회는 바로 지금
화살을 날려야 한다

태양은 그의 머리 위에서
찬연하게 빛나고
남자는 쏘아야 할 화살은 손에 그대로 쥔 채
멀어져 가는 어미 노루와 새끼 노루를
가만히 바라만 본다

그는 고개를 들어
더 높은 곳을 응시한다

노루들은 어느새
숲에서 가장 높이 솟아 있는
비탈진 바위에 올라
남자를 내려다본다

어디선가 불어온 선들바람은
노루들을 부드럽게 쓰다듬고
맑은 시냇물처럼 유유히 흘러내려 가
남자의 얼굴을 나긋이 훑고 지나간다

그의 가슴 속에는
알 수 없는 무언가가 뜨겁게 차오르고
노루들은 또 다른 안식처를 찾아
발길을 옮긴다

그대에게 간다

밀려온다

밀려간다

내 마음이 밀려간다

그대에게 간다

멀어지듯

멀어져

자꾸만 먼 곳으로 간다

보여도

보여도 가질 수 없는

유리창에 어린 조명등처럼

희미하게 비치는

불빛을 따라

그대에게 간다

감꽃

빛깔이 수수해서
모르고 지나쳤는지

손톱만큼 작아서
눈에 안 띄었는지

함초롬하게
피어 있는 모습이

발그레하게
웃는 것 같아

도란도란
속삭이는 것 같아

잘 익은 주황빛 꿈을 꾸며
감미로운 향기로
내리는 봄비

땅에 떨어진
꽃송이 하나

손바닥 위에
살그머니 올려 본다

새순

어깨에 둘러멘 짐을
이제 내려놓으시게나

서리서리 애잔한 가슴
이제 풀어놓으시게나

산천은 어제와 같고
그믐달은 다시 차오르나니

어둑한 밤
낙엽 스러지는 소리도
다시 뵈올 날
기약이 아니겠는가

오로라

한밤의 언저리
옅은 결을 찬찬히 더해가는
하늘가 먼 곳의 환한 빛보라

수만 마리 노랑나비 떼가
부드러운 곡선을 따라 비행하듯

남청색 수면이 너울대는 허공에
동그란 무늬를 가지런히 그려 넣는다
말그레한 광색을 촘촘히 수놓는다

수줍게
눈길을 피하는
새하얀 안개꽃처럼

미행

멧비둘기 한 녀석의
뒤를 밟는다
조심스레 들키지 않게
높다란 측백나무의 그림자가
길게 드리워진 산책로를
혼자서 뒤뚱뒤뚱 잘도 걸어간다
내가 뒤따라 가는 걸
눈치채지 못한 걸까?
아이들이 흘려 놓은 과자 부스러기를
여유롭게 쪼아 먹는다
한 번 정도
주위 동태를 살펴볼 만도 한데
저렇게 무너서야

그래도 자그만 몸집으로
꽤 용감하다

이제 네 행동반경도 다 드러나고 있다는 걸
까맣게 모를 테지
다음에 나를 만나면
한없이 부끄러워질지도 몰라
자신만만한 표정으로
비둘기를 뚫어지게 쳐다보고 있는데

푸드덕

등 위에서 갑작스레 들려 오는
새가 날개 치는 소리

깜짝 놀라
뒤를 휙 돌아보니
앞서 가는 멧비둘기와
똑같이 생긴 한 녀석이
나를 쫓아 오고 있다

방아깨비

건물의 차가운 외벽에
하늘을 마주 보고 앉아 있다
풀잎을 닮은 한 아이가

가만히 쉬는 것 같지만
그대로 멈춘 것 같지만
아이는 가마득히 먼 데로 달려가고 있다
돌부리에 맨발이 베이고
나뭇가지에 옷이 찢겨 나가도
그 모습 그대로 뛰어간다

황량한 벌판을 지나
어두운 산기슭을 넘어
하야말끔한 진주알들이 눈물처럼
온유하게 흐르는 그곳으로

벚꽃 구경

흰칠한 오후
벚꽃이 길을 먹었다
눈앞에서 이는 달콤한 폭풍우
선명한 긍정이 밀려온다

괴수, 잠에서 깨나다

저 아이

파란 눈을 가졌다

팽그르르

구슬이 굴러가듯 안구가 떨려 오고

아이의 두 눈에서 일렁이던 푸른 빛살은

갈기갈기 찢어진 땀버섯처럼

헐떡이며 절규한다

머물 곳을 잃은 새벽빛 눈동자가

검푸른 색으로 점차 변해간다

밀려드는 어둠에 주저앉는다

광휘로운 빛깔로 쏟아져 내리던 폭포수는

이미 그 물빛을 잃었다

궁벽한 표정으로 내뱉는 웃음소리가

꺼멓고 끈적끈적한 액체와 뒤섞이며

벼랑 끝에서 고공으로 치솟는다

눈물이 지면에 부딪혀 솟구친다

달무리

높은 곳을 겹겹이 에워싼
흑자색 먹구름은
달까지 삼켜 버렸다

며칠째 계속되는
메워지지 않는 허전함

무엇이 구름 떼를 이토록 몰고 왔는가
바다를 닮은 푸른빛 상의를 걸치고
해변에서 아쉬움을 달랜다

옷깃을 스치는 밤바람은
차갑기만 한데

멈춰 서지 않는 희미한 기억들
달마저 떠나 버리고

발길을 돌리려는데

입고 있던 파란색 셔츠가

연한 초록빛으로 환하게 비쳐 온다

음영

힘든지 늘 누워서만 가네
내가 싫은지 늘 반대편에만 있네
미련이 남는지 늘 나만 따라다니네
그러고 보니 나도 참
적적하지만 적적하지 아니한 몸이로세

물뱀의 복수

같은 곳을 향해
달려가는 해바라기 앞에
낮아도 넘지 못하는 울타리가 있다

잠시 고개를 돌려
산책로를 지나가는 자전거들처럼
평온하게 흘러가는 흰 구름을 바라본다

멀찍한 곳에서 들려오는 새소리
어디쯤인가 내다보아도
맨눈으로 확인이 안 돼

다만, 언덕 위로 튕겨져나가는 작은 공같이
백합을 몰아내는 검은 나방 무리뿐

갑갑해 나가고 싶어
수천 년을 이어져 온 짐작할 수 없는 애환과
옅은 바람에도 소용돌이치는 종잇조각들

엎어지고 뒤집어져
허물어지는 누각
얼음산의 각

치이고 나뒹구는
셀 수도 없는 눈물 같은 숨결아!

어젯밤
물가에서 내가 본 것은
떨어진 나뭇가지인가
물뱀인가

밤이 내린 공원에는

붙들고 비벼서
꺼멓게 타버린 하늘
어둠이 세월을 훔치고
저런, 혼자서 껌껌한 공원을 거닌다
낮엔 어김없이 나를 채우고
밤에는
또다시 나를 쉽사리 비운다
허허로운 모습
혹시라도
건물 바깥벽에 비치지는 않을까
내가 나를 볼까 봐
스스로 실망할까 봐
안경을 벗고
뿌연 세상과 마주한다
꺼무죽죽한 하늘이 기운다

4부

친애하는 괴수에게

그럴 수는 없겠더라

안 되겠더라
못 하겠더라

화단의 꽃은 그대로인데
그 작은 꽃봉오리 속에
너를 꼭꼭 숨겨 두고 있는데

있는데 없는 척
참을 수 없는데 아닌 척
목이 메는데 안 그런 척
그렇게는 못 하겠더라

네가 아직도 있는데
안고 싶어 참을 수 없는데
기억 속에 비쳐 목이 메는데
괜찮은 척 못 하겠더라

조약돌

꽃은 꽃으로 피고
새는 새로 나는데

그리운 바람 손끝에 닿아
계곡물에 정제된
동그란 잔돌 몇 개를 집어 든다

숨겨진 별자리를 찾아
석수질하기를 여러 번
애타게 불러 본 모습이 아니기에
너무 쉽게 놓아버린 작은 돌

세월이 흘러
우연히 다시 찾은 그곳에

조그만 돌 사이로 피어 있는
보랏빛 제비꽃 한 송이

그대는 어디서 오는가

거울에 비친 벽시계는 거꾸로 가는데
나는 왜 가파르게 꺾인 계곡을 넘어
그대에게 다가설 수 없나
담벼락에 핀 선홍색 장미는
석양볕에 검붉게 타오르는데
그대는 왜 뜨거운 내 마음을 볼 수 없나
바람은 어디로 가는지
해는 어디서 뜨는지
빛줄기는 어디에 있는지
그 선한 눈빛은 어느 곳에서 찾을 수 있는가
서로 부둥켜안고 울어야만 하는
가녀린 잎사귀에 고인
애처로운 이슬이여!
모든 게 멀게만 느껴지는데……
그대는 어디서 오는지
그대는 어디서 오는가

장대비

솔직히 내사
아무것도 바라는 것 없데이
가 보거라, 어서
네가 잘살 수 있는 곳으로

그렇게 떠나보내고
밤이 새도록
장맛비는 억수같이
쏟아져 내렸구마

밭뙈기에 고인 물은
마를 줄을 몰라

한 그루

나무는 사람을 기다렸고
그도 나무에서 시선을 거두지 않았다
가까이 다가설 수는 없어도
멀리서나마 서로에게 위안이 되는 대상
그러나 시간이 지날수록
그는 점차 다른 곳으로 고개를 돌렸고
나무는 작아지고 멀어져
마침내 땅속에 묻힌 꺼먼 동공들처럼
보잘것없는 모양으로 어그러지고 말았다

밤이 지나고
또 지나고

낯선 고요가 찾아오고 나서야
그는 비로소 나무의 고결한 정신을 보게 된다
마른 지면에는 이미
불꽃이 일고 있는데

거대한 화염 너머 간절한 울림으로
퍼져 오는 그의 목소리
나무는 닿을 수 없는 곳을 향해
아득한 곳을 향해
망설임 없이 몸을 던진다

톱니바퀴 같은 처절한 불길에
몸뚱이는 튕겨져나가고
뼈는 산산조각이 나도
상처투성이가 되어도

잊을 수 없는 한 가지

나룻배

이 세상에서
더는
노을빛 방황은 없다며
내 곁을 떠나간 사람

사무치도록
깊은 밤

도무지 믿기지 않아
뛰어가 보니

홀로 남겨진
정든 나룻배 하나

친애하는 괴수에게

한 떨기
분홍빛 글라디올러스

굳게 다문 창처럼
무자비한 사내들의 팔에 결박돼 있다

실타래 뒤엉키듯
천공의 붉디붉은 단풍나무
저린 빛깔로 요동칠 때

깎아지른 듯 아득한 절벽 아래
가빈한 군중을
여인은 응시한다

사리분별이 뚜렷한
종속된 군상이여
저들은 절대 우매하지 않다

종일 이어지는 고된 변주에
연회를 치르는지 곡소릴 내는지
알 수가 없어
알아볼 수가 없어

예물을 바치고 퍼렇게 바치고
토사물로 연명하는 꿈틀거리는 존재
나날이 커지는 우두머리 몸체에
거친 숨결로 몸부림치는 눈부신 디스토피아

그녀의 두 눈에 어른거리는
새하얀 바람꽃 무리의 눈물겨운 단상이여!

검은곰팡이 포자가 뻗어 나가듯
고요와 어둠이 깃들고

친절한 괴수는
감상을 더는 허락하지 않는다

서서히 드러나는 두려움의 실체

사방으로 날짐승들이 솟구쳐 날아오르고
부글거리는 잿빛 하천 위로
감사나운 놈 우레 같은 몸뚱어리
꼿꼿하게 치켜든다

쩍 벌린 아가리, 시뻘건 산떡통
썩을 대로 문드러진
매캐한 육식동물의 울부짖음아!

어디에서 금빛을 찾을 수 있을까
달려오는 땅거미를 어떻게 되돌릴 수 있을까

사무치는 날갯짓에는
무수한 줄무늬가 있는데

초양은
짙어질 긴 밤보다 멀리 있다

돌아올 때에는

전서구들이 모두 돌아와
날개깃 손질에 여념이 없는데
어딘가 한군데 채워지지 않는 빈자리

가깝고도 먼 곳으로
갑작스레 몰아치는
거대한 자줏빛 폭풍우

두 눈에 어리며
물방울이 깃들며
거짓말처럼 잦아들 때

너는 너의 이미지가
빛과 안개에 겹겹이 싸여
포개어져 어슴푸레한 숨결로
내 앞에 서 있었다

애써 외면하지 말자
순간은 멈추지 않는 것
휘황찬란하지 않아도
너로 말미암아 초라하지 않았던 낮과 밤

하얗게, 말갛게 부서지는
저 눈부신 채광과 같아라

연푸른 음률은 어제와 다름없이
너와 나를 어루만지는데

온전히
숨김없이

내 앞의 너를 빛으로 채우려 한다
두 눈을 다해 너를 바라보려 한다

네 눈동자에 바다가 있어

바람이 향하는 곳
하늘과 바다를 잇는
수평선 저 멀리

내 인생
영원토록 다사로운 그대가 있다

말없이 가버린 시간
어디에 있는지 찾을 수 없어도

파도처럼 일렁이는
남빛 상념들 위로
아렴풋이 떠오르는 찬란한 형상아!

네 눈동자에 바다가 있어
푸른 바다가 있어

빗물처럼 스쳐 간대도
흩어진대도

맑은 빛을 비추며
변함없이 물결치는
내 마지막 바다가 있어

달빛

노란 꽃무늬 밝은 결을 더해 가는
달을 바라본다

우수 어린 은행잎이 가을비처럼 흩날릴 때
나는 비로소 깊어 가는 달빛의 심정을
헤아릴 수 있었다

잠든 언덕을 내려다보는 환한 영상
맑은 계곡 물보라처럼 반짝이는 형화와 같아라

닿지 않을 듯 곁에 있고
잡히지 않을 듯 가슴 깊이
품을 수 있는 존재

호숫가 물빛 같은
내 마음의 평원이여!

밤하늘이 허락하는 한

아련하게 흐르는 달빛은
강물처럼 그치지 않으리

민들레와 뿔나비나방

비스듬히 열린 창 밖을
빛바랜 꽃잎이 내다본다

지난날
포근히 내린 햇살을 받으며
가슴 벅차게 안겨 왔던 보드라운 숨결

사람들에 이끌려 말없이 떠나왔지만
다정했던 모습을 지울 수 없어

간절했던 염원이 보내 준
찰나의 꿈이런가

유리창 너머로 어렴풋이 보이는
하나뿐인 작은 샛별아!

정처 없이 떠돌던 방황의 끝
안도의 한숨처럼 미끄러져 내려와
가녀린 꽃잎에 살며시 앉는다

무너지는 갈색빛 퇴색한 날개
환하게 웃는 모습이 애처로워

나방은 남겨진 힘을 다해
마지막 비행을 시작한다

노랗게 아른거리는
고운 빛을 따라
영원처럼 뜨겁게 날갯짓한다

목을 축일 이슬도
따스한 안식처도 없지만

그저 바라보는 눈빛이 좋아
꽃꿀처럼 꽃가루처럼
하늘에 눈부신 빛을 뿌린다

희미하게 멀어져 가는
서로의 얼굴을 바라보며

초록빛 그 시절의 꿈은
은은한 종소리처럼 퍼져만 간다

지금, 던진다

진달래꽃보다 더 붉은 빛깔로
저녁노을이 일렁인다
하늘에는 곧, 마음의 보석이 쏟아지듯
파란 별들이 반짝일 테지

만약, 만약에 말이다
밤하늘의 별이 손에 잡힌다면
그런 행운이 내게 주어진다면
나는 서슴없이 별 하나를 덥석 움켜쥐고서
네가 있는 곳으로 힘껏 던져 주고 싶구나

무얼 하는지
잘 지내는지

찬 바람이 코끝을 스친다

갯벌

바지를 걷어 올리고
해변을 거닌다
발바닥에 와 닿는
사분사분한 감촉

그리고
부드러운 미소 뒤에 숨겨진
눈물을 본다

조수가 썰물이 되어도
닦을 수 없는 눈물을 본다

그림자

한곳에 머물렀다가 아스라이 사라지는
버릴 수 없는 뒷모습

정적……
그대, 그림자를 지운다고
전처럼 돌아갈 수 있을까
지나칠 수 있을까

이러지 말자, 그러지 말자
밖으로 뱉어낼 수도 없는
부질없는 다짐

바라보는 동안
어쩔 수 없이 참아내야만 했던
깊은 울림

한가슴으로
지켜본다는 게
내게는 희망이었는데
이유였는데

간절한 바람을
꾹꾹 삼키고

또다시
하루를 묻는다

바다가 부를 때

내 허전함을
쓸쓸함을 지켜 주는 바다

파도는 흩어지고 부서져
옷자락을 타고 흘러내린다

수면에는
밖으로 더 나아가지 못하는
푸른 별이 흔들리는데

수 없이 찾아보고
되돌아 봐도

그 기억은 물살에 휩쓸리지 않아
다만 주위를 맴돌고 있을 뿐

밤이 어린 바다는
한 마디 말을 못하고

안타까운 세월이
지나버린 그곳으로
노을 진 하루를
고요히 흘려보낸다

그대 눈빛이 내게

저기 저 뛰어오는 형상은
무엇인가

점점 가까이 오는 사람은
누구인가

연안하게 떠가는 구름을 지나
은하수 흰빛처럼 퍼져가는
안개를 뚫고

내 코스모스
다사했던 시절의 꽃송이여!

이제 안심이 된다

귀환

눈앞에 어른대는 감은빛 바다
적색 아마릴리스를 닮은 참곱슬이가
여린 옷자락처럼 나부낄 때
수면을 환하게 비추는 달빛이
밀물처럼 가슴에 안겨온다

밤이 새도록 빗물이 다하도록
모정…… 그 글썽이던 물보라를 잊을 수 없어
보드라운 연둣빛 새싹이 굳은 지면을 걷어내듯
촉촉하게 젖은 눈망울 고개를 내민다

별빛이여 나아갈 길을 밝혀다오
하늘이여 높푸른 음향을 들려다오

두 뺨을 스치는 차갑고 시린 해풍의 연원
도란거리며 적셔 오는 밤바다의 물결이여!

한 뼘 한 뼘 모래 위에 지도를 그리며
조그만 클로버 잎사귀처럼
초록 무늬를 연안에 뿌린다

해안선을 따라
수백 수천의 끝없는 대열
숭고한 생명의 꽃창포가 푸르게 일렁인다

미명의 빛을 마주한 기쁨도 잠시

날쌘 날갯짓으로 이슬을 앗아가는
모래 구덩이 나락으로 끌고 들어가는
쏜살같이 쉴 새 없이 아가리를 벌려대는
모진 숙명의 갈퀴들

족쇄같이 되풀이되는 대자연의 엄숙한 구도에도
그들의 가냘픈 몸뚱이는
앞으로 앞으로
뭉그러지듯 나아갈 뿐이다

눈물인지 설움인지 분간할 수도 없는 순간
눈앞에 펼쳐진 짙푸른 바다

기다리던 어미의 품으로 달려가듯
출렁이는 파도
그 자유의 들판에 힘껏 안긴다

더 큰 시련
냉엄한 앞날이 기다릴지라도

눈물겨운 삶의 여정을 인내하는 한

뼛속까지 스며드는 심연의 고향

이곳으로

언젠가 다시 돌아올 것임을

그들은 안다

하얀 날개

지금 잠시 내 곁에
와 줄 수 있다면
아무도 모르게
잠든 산새들 깨지 않게

깊은 이 밤
한발 물러서서
지난날들을 반추해 보면

투명한 유리잔
무수한 빛깔처럼
울창한 나무숲
나부끼는 잎사귀들처럼

마음 한쪽
아득한 곳에서
나긋하게 반짝이는
오직 한 사람

내 맘을 다
전할 수는 없어도

그대
어디엔가 어느 곳엔가
서 있다면

연녹색 버들잎에 가려진
하얀 불빛
두 날개에 가벼이 실어
띄워 보낼 수 있을 텐데

드넓은 하늘 아래
가여운 마음이 남아 있어

5부

소설과 동화

늪지의 괴수 1

인적이 드문 어느 산골 마을에, '진'이라는 성을 가진 남자가 어린 딸 하나와 살고 있었다. 형편이 여의치 않았던 그는, 산에서 캔 약초들을 시장에 내다 팔아 생계를 이어 가고 있었다. 장터까지는 꼬박 반나절이 걸리는 먼 거리였는데, 수풀이 우거진 산 하나를 지나야 했다.

산속 깊숙한 곳엔, 기와집 한 채는 너끈히 집어삼킬 정도의 큰 늪이 하나 있었다. 사람들은 음침한 분위기의 늪지를 지나가지 않으려고, 시간이 오래 걸리더라도 매번 산을 빙 둘러서 다녔다. 하지만 남자는 장터까지 빨리 가기 위해 늪지를 매일 지나가지 않으면 안 되었다.

이른 아침, 남자가 집을 나서려는데 어린 딸이 아비에게 말했다.

"아부지, 고기가 먹고 싶어라."

남자는 딸아이의 얼굴을 쓰다듬으며 말했다.

"아가야, 며칠만 기다리거래이. 돈 모아서 고기 사주꾸마."

그는 서둘러 장터로 향했다. 그날 따라 약초를 찾는 사람들이 많아, 평상시보다 일찍 가져간 것들을 다 판 남자는, 시장 어귀에서 주먹밥 두 개를 산 뒤 집으로 가는 발걸음을 재촉했다. 늪지를 지나다가 허기가 진 그는, 늪 옆에 있는 바위에 걸터앉아 주먹밥 한 개를 꺼내 한 입 베어 물었다. 그때 시커먼 늪 깊숙한 곳에서 갑자기 거품이 부글부글 올라왔다. 남자가 다시 주먹밥을 한 입 물자 늪에서 또다시 거품이 일었다. 그는 주먹밥을 조금 떼어 거품이 일고 있는 물 위에 던지며 말했다.

"배고픈 개구리인갑다. 그거라도 먹으련……."

주먹밥을 다 먹은 남자는 딸아이에게 줄 주먹밥 하나를 고이 싸서 집으로 향했다. 집에 도착하자 매일 마중 나오던 검둥개가 보이지 않았다. 의아해하며 딸에게 물었다.

"니 검둥이 못 봤나."

아이는 고개를 저으며 대답했다.

"아부지 고기가 먹고 싶어라."

며칠이 지났지만, 집에서 기르던 검둥개의 모습은 더는 보이지 않았다.

남자는 일을 마치고 오는 길에 늪지에 있는 바위에 앉아 주먹밥을 먹는 게 일상이 되었다. 주먹밥을 먹을 때면 어김없이 늪의 가운데쯤 물 위에서 거품이 일었는데, 남자는 그때마다 먹을 것을 조금씩 떼어서 던져 주었다.

그러던 어느 날, 약간의 돈이 모인 남자는 시장에서 고기 한 덩이를 샀다. 집으로 가다 늪지에 다다르자 시장기를 느낀 그는 바위에 앉아 주먹밥을 먹기 시작했다. 하지만 오늘따라 늪은, 평상시 일던 거품은커녕 작은 물결의 미동도 느껴지지 않을 만큼 고요했다. 이따금 우거진 수풀이 바람에 나부끼며 음산한 마찰음을 낼 뿐이었다.

남자는 늪 바깥에 개구리가 나와 있는지 주위를 유심히 살폈다. 그때 남자는 얼마 떨어지지 않은 거리에서 한 무더기의 뼈를 발견했다. 크기로 보아 개나 여우 정도 돼 보였는데, 살점은 거의 다 뜯겨 나가고 머리 부분에만 질긴 근육과 검은 털이 조금 붙어 있었다.

섬뜩한 생각이 들어 자리를 박차고 일어서려는 순간, 늪 한가운데서 갑자기 거품이 빠르게 치솟아오르더니 회갈색의 육중한 짐승이 물 위로 튀어 올랐다.

"저건 개구리가 아니야……."

소리 지를 틈도 없이 거대한 짐승은 남자의 얼굴 바로 앞까지 몸을 들이밀었다. 괴수의 콧속에서 뿜어져 나오는 뜨거운 열기가 남자의 얼굴을 때렸다. 도망가려고 했지만, 다리가 움직이지 않았다. 짧은 순간이었지만 어린 딸 생각에 마음이 아려왔다.

남자는 괴수에게 말했다.

"내 너한테 주먹밥도 매일 주지 않았나. 여기 고기도 있구마……. 이거 먹고……."

말끝을 흐리던 남자의 눈동자는 두려움에 떨려왔다. 괴수는 축축한 피부를 씰룩거리며 남자의 얼굴을 잠깐 쳐다보더니, 커다란 입을 쩍 벌려 남자의 손목을 덥석 물고는 늪 깊숙한 물속으로 끌고 들어가 버렸다.

소녀와 전나무

긴 겨울을 보내고 포근한 봄을 맞은 소녀는 더없이 행복했다. 추위에 떨며 땔감을 구하러 다니지 않아도 됐고, 저녁마다 따뜻한 수프를 더는 끓일 필요가 없었다. 비록 보잘것없는 오두막집에서 병든 어머니와 어린 세 동생을 돌봐야 했지만, 왠지 모를 희망이 가슴 속에 차오르는 것을 느꼈다.

여자애는 오솔길을 따라 봄볕이 따사로운 언덕을 오르며 작은 목소리로 노래했다.

"오늘은 또 어떤 일거리 있을까?
접시 닦기, 잔심부름, 옷 바느질.
나는 나는 괜찮아."

소녀는 언덕 맨 가장자리에 올라 건너편에 펼쳐진 마을 정경을 내려다보았다.

"오늘은 아마도…… 그래, 일거리가 제법 많을 거야."

여자아이는 하늘을 올려다보며 숨을 깊게 들이마시곤,

언덕 주위를 유심히 살펴보았다. 생기있는 풀잎들이 언덕을 온통 푸르게 덮고 있었고, 몇 그루의 큼직한 나무도 싱그럽게 빛나는 잎사귀들을 뽐내고 있었다. 소녀는 그곳에서 가장 큰 전나무 아래 몸을 기댔다.

"아직 이른 시간인걸. 조금 더 있다가 내려가야지."

여자아이는 모처럼의 여유를 좀 더 만끽하기 위해, 팔베개한 뒤 하늘과 마주 보며 풀밭에 누웠다. 끝없이 넓은 하늘을 운동장 삼아 자유롭게 뻗어 나가 있는 전나무 가지들을 바라보며, 여자애는 일종의 해방감을 느꼈다.

"언젠가는 내 꿈도 이와 같아질 거야."

소녀는 드높은 자신의 이상에 가슴이 벅차오르는 것을 느꼈다. 그녀는 옷에 묻은 풀잎들을 털어내며 자리에서 일어났다.

"자, 이제 일하러 가야지."

그때였다. 등 뒤에서 무언가 알 수 없는 것이 다가와 소녀의 몸에 가볍게 부딪혔다. 바람이 불 때마다 그것은 소녀의 등에 닿았다가 떨어지기를 반복했다. 여자애는 고개를 돌려 전나무를 유심히 살펴보았다. 처음에는 이상한 점을 발견하지 못했지만, 얼굴을 더 가까이 갖다 대자 가장 낮은 가지에 기다랗게 생긴 무언가가 걸려 있었다.

"이게 뭐지?"

소녀는 손을 뻗어 그것을 움켜쥐고는 찬찬히 들여다보

았다. 갈색의 기다란 가죽끈이었다.

"어머, 가죽끈이잖아! 이거면 부서진 울타리를 고칠 수 있을 텐데."

여자아이는 가죽끈을 안주머니에 슬며시 넣었다가 고개를 저으며 다시 꺼냈다.

"주인이 있을지도 몰라. 가져가선 안 돼."

소녀는 고개를 돌려 마을로 가려 했지만 발걸음이 떨어지지 않았다. 아이는 주위를 살펴보았다. 이른 아침이라 다니는 이가 아무도 없었다.

"하찮은 가죽끈인데 뭐. 주인이 있다 하더라도 찾지 않을 거야. 이게 내겐 꼭 필요해."

여자애는 그것을 얼른 챙겨 넣고는, 빠른 걸음으로 언덕을 내려갔다. 소녀가 그곳을 떠나고 얼마 뒤, 한 나이 든 농부가 나귀를 이끌고 언덕에 도착했다. 그는 전나무에 두 눈을 가까이 가져가 이리저리 훑어보기 시작했다. 농부는 한참을 그러다가 고개를 갸우뚱거리며 혼잣말로 중얼거렸다.

"거참, 이상하다. 이 나뭇가지에 걸어 두었던 것 같은데."

농부는 매우 난처했다. 나귀에게 풀을 뜯기기 위해 잠시 전나무 가지에 걸어 두었던 가죽끈이 없어진 것이었다.

"이런, 이런. 가죽끈을 이놈 목에 매지 않으면, 나귀 등에 올라탈 수가 없잖아."

그는 하는 수 없이 나귀를 이끌고 무거운 걸음으로 언덕을 내려갔다.

다음날 소녀는 언제나처럼 오솔길을 따라 언덕을 오르며 노래를 불렀다.

"오늘은 또 어떤 일거리 있을까?
접시 닦기, 잔심부름, 옷 바느질.
나는 나는 괜찮아."

소녀는 언덕의 전나무 옆에 서서 마을을 바라보았다.
"아! 또 하루의 시작이로군."
언덕 아래 마을로 발길을 돌리려는 순간, 그녀는 어제 가죽끈이 매달려 있던 나뭇가지에서 펄럭이고 있는 한 장의 분홍색 꽃무늬 앞치마를 발견했다.
"아니, 이게 어떻게 된 일이지? 주인 없는 앞치마라니!"
여사애는 집에 있는 낡고 오래된 앞치마를 생각했다.
"저 예쁜 앞치마를 두르고 음식을 만들면 얼마나 행복할까!"
소녀가 재빨리 앞치마를 집어 안주머니에 넣기까지는 많은 시간이 필요하지 않았다. 여자아이가 떠나고 한참이

지나자 사과광주리를 이고 있는 한 아주머니가 언덕으로 올라왔다.

"참, 나도 이렇게 정신이 없어서. 앞치마를 여기쯤 걸어 두었지?"

여인은 전나무를 자세히 바라보더니 입을 삐죽거리며 말했다.

"분명히 이 나뭇가지에 걸어두었는데 이상하네."

그녀는 아쉬움을 뒤로한 채 발길을 돌릴 수밖에 없었다.

며칠이 지난 어느 아침 소녀가 언덕에 다다르자, 이번에는 두툼한 겨울 외투 한 벌이 전나무 가지에 점잖게 걸려 있었다.

"겨울 외투는 뜻밖인걸! 내가 외투 없는 건 어떻게 알고. 전나무야 고마워. 잘 입을게."

여자애는 주저 없이 외투를 가지고 마을로 향했다. 물론 그 옷의 주인은 옷 찾기를 포기할 수밖에 없었다. 소녀는 이제 언덕을 지나갈 때면 전나무 가지에 뭔가 또 다른 게 걸려있지는 않을까 유심히 살피는 버릇이 생겼다.

그러던 어느 날, 소녀가 언덕에 올라가 보니 전나무에 예쁜 염소 한 마리가 묶여 있었다. 소녀는 소리쳤다.

"어머, 귀엽기도 해라. 내일 아침부터는 염소 젖을 먹을 수 있겠는걸!"

여자아이는 염소를 이끌고 집으로 향했다. 소녀가 집에

도착하자 동생들이 집 앞에 모여 앉아 옥수수를 불에 굽고 있었다. 소녀는 불은 위험하다며 동생들을 나무랐다. 그러곤 염소를 가는 동아줄로 울타리 기둥에 조심스레 묶은 뒤 집안으로 들어갔다. 문 맞은 편에 몸이 편찮은 어머니가 누워 있었다. 그녀가 어린 딸을 보며 가느다란 목소리로 말했다.

"오늘은 왜 이렇게 빨리 오니?"

"아…… 네. 일거리가 없었어요."

소녀는 어머니를 똑바로 바라볼 수가 없었다. 소녀는 고개를 돌려 어머니 눈을 애써 외면했다.

"어린 네가 고생이 많구나."

걱정 섞인 어머니의 목소리를 뒤로하고, 여자애는 집안 정리를 시작했다. 청소가 대충 끝나자 이번에는 얼마 전에 가져온 분홍 꽃무늬 앞치마를 두르고는 불 위에 낡은 솥을 올렸다. 어머니와 동생들이 먹을 따뜻한 수프를 끓이기 위해서였다.

수프가 다 데워질 때쯤이었다. 갑자기 밖에서 염소가 연거푸 내지르는 비명 같은 울림이 들려왔다. 소녀가 집 밖으로 뛰쳐나가자, 동생들이 염소를 작대기로 쿡쿡 찌르며 괴롭히고 있었다. 수염을 잡아당기는가 하면, 털을 뽑기도 하고, 심지어 발로 걸어차기까지 했다. 여자애는 동생들을 꾸짖으며 염소 곁에서 떼어놓았지만, 염소는 진정되기는커녕 좀 전보다 더 날뛰며 마구 소리를 내지르는 것이었다. 소녀는 안절부절못하다가 예전에 누군가에게서 들은 충고를 기억해 냈다.

'참, 염소의 눈을 가리면 얌전해질지도 몰라.'

소녀가 동생들을 보며 외쳤다.

"빨리, 염소 눈을 가릴만한 옷이나 천…… 그런 거 좀 가져와. 빨리!"

동생들 중 하나가 쏜살같이 집안으로 들어가더니 두툼한 옷 한 벌을 들고 나왔다. 소녀는 그것을 건네받고는 깜짝 놀랐다.

"이건……! 얼마 전에 내가 주워 온, 하나밖에 없는 겨울 외투잖아!"

염소는 좀처럼 진정할 기미를 보이지 않았고, 염소가 묶여있던 울타리는 부서질 지경이었다. 더는 지체할 수가 없었다. 여자애는 날뛰고 있는 염소 옆으로 가까이 다가가선, 있는 힘껏 외투를 염소 머리 위에 뒤집어씌웠다. 염소는 머리 위에 씌워진 외투를 좌우로 흔들어 보더니, 갑자기 머리를 홱 치켜들어 외투를 공중에 내던지고 말았다. 외투는 하늘 높이 솟구치다가 순식간에 바닥으로 내리꽂혔는데, 불행하게도 옷이 떨어진 자리는 조금 전 동생들이 옥수수를 구워먹었던 장작더미 위였다.

"어머나, 이 일을 어째!"

소녀는 황급히 외투를 걷어냈다. 하지만 외투는 이미 불에 그슬려 못 쓰게 된 뒤였다. 슬퍼할 겨를도 없이, 이번에는 집안에서 소녀를 다급하게 부르는 어머니의 목소리가 들렸다. 여자애는 날뛰고 있는 염소도 잊은 채, 집으로 곧장 뛰어들어갔다. 어머니가 소녀를 보며 긴장된 목소리로 소리쳤다.

"얘야, 저 불 좀…… 수프가 끓어 넘치더니."

소녀는 침착하게 일을 처리하려고 애썼다. 옆으로 번진 불은 다행히도 넓지 않아 쉽게 끌 수 있었다. 넘쳐서 타 버린 수프를 닦아내곤, 뜨거운 솥은 찬물을 끼얹어 식혔다. 여자애는 안도의 한숨을 내쉬며 이마에 맺힌 땀을 닦았다.

"앗!"

그녀는 소스라치게 놀라고 말았다. 입고 있던 꽃무늬 앞치마가 다 낡아 버리고 만 것이었다.

"어머나, 이 일을 어째."

불에 그슬리고, 찢어지고, 색은 바래져서 예전의 오래된 앞치마보다 더 흉하게 변하고 말았다. 소녀가 앞치마를 풀려는 순간, 집 밖에서 급하게 그녀를 부르는 동생들의 목소리가 들렸다. 재빨리 밖으로 뛰쳐나가 보니, 이미 사태는 걷잡을 수 없는 지경으로 치닫고 있었다. 소녀는 눈앞의 광경을 바라보곤 우두커니 선 채 할 말을 잃었다.

염소는 묶여 있던 울타리 일부를 기어이 부수곤, 길쭉한 나뭇조각 하나를 목에 매단 채 집 주위를 빠른 속도로 돌고 있었다. 그러다가 염소는, 있는 힘껏 울타리를 뛰어넘어 버렸는데, 공교롭게도 목에 매달려 있던 나뭇조각이 울타리의 한 부분과 거세게 부딪쳐, 얽어 놓은 나무 기둥들이 틀어지며 여러 조각으로 나가떨어지고 말았다.

염소가 시야에서 사라진 후, 여자애는 염소가 뚫고 지나간 곳을 한동안 넋 나간 듯 쳐다봤다. 잠시 후 소녀의 양 볼에는 눈물이 흘러내렸다. 그녀는 눈가의 눈물을 닦곤, 무엇을 깨달은 듯 고개를 끄덕였다. 소녀의 두 눈은, 예전의 희망에 찬 밝은 빛으로 다시금 환하게 반짝이기 시작했다. 여자애는 앞치마를 풀어 외투에 포갠 후, 낡아 버린 앞치마와 타서 못 쓰게 된 외투를 잘 개어 염소가 뚫고 지나간 울타리에 가져갔다. 그 후, 무슨 생각에선지 부서진 기둥 위에 그것들을 올려놓고는 동생들과 함께 집 안으로 들어갔는데, 소녀가 외투와 앞치마를 놓아둔 자리는, 전나무에 걸려 있던 가죽끈을 이용해 얼마 전에 고쳤던 바로 그 울타리 기둥이었다.

세상에서 가장 아름다운 노래

나른한 오후의 어느 날, 곤히 자던 파란 빛깔의 유리새가 눈을 뜨며 말했다.

"이게 무슨 소리야?"

옆에 있던 유리새 부인이 대꾸했다.

"오! 이런. 이 무슨…… 앓는 소리 같은데?"

잠시 뒤, 묘한 소리가 다시 들렸다.

"우후후 *꾸꾸*. 우후후 *꾸꾸*."

유리새는 털을 쭈뼛쭈뼛 세우며 부인에게 말했다.

"함께 가보자. 우리 도움이 필요할지도 모르겠어."

유리새 부부가 날아오르자, 호기심 많은 방울새와 오목눈이가 그들을 보며 반가운 듯 소리쳤다.

"먹을 걸 발견했나 봐!"

금빛 방울새와 하얀 깃털의 오목눈이는 서로의 얼굴을 흘끗 바라보고는, 고개를 끄덕인 뒤 유리새들을 뒤따랐다.

얼마 가지 않아, 널따란 정원을 가진 큰 집이 보였다. 야릇한 소리는 그곳에서 들리는 게 분명했다.

"가볼까?"

유리새 부부가 여유 있게 정원 풀밭에 내려앉았다.

"우리도 내려가 볼까?"

방울새와 오목눈이가 우아하게 앉으려는 순간, 서로의 발이 걸려 엉덩방아를 찧고 말았다. 오목눈이가 눈살을 찌푸리며 방울새에게 말했다.

"넌덜머리 난다. 벌써 몇 번째니?"

"너도 만만찮아."

방울새가 대답했다.

"그런데 유리새 부부는 어디에 있지?"

오목눈이의 말에 방울새는 고개를 갸우뚱거렸다.

"우후후 꾸꾸. 우후후 꾸꾸."

"이게 무슨 소리지?"

둘은 누가 먼저랄 것도 없이, 이상한 소리가 나는 방향에 두 눈을 갖다 댔다.

"오! 오!"

방울새가 감탄사를 연발하며 계속 말했다.

"야! 저 이상하게 생긴 새 좀 봐."

"나도 보고 있으니까 조용히 해 봐. 일단 저쪽으로 가보자."

오목눈이와 방울새는, 어린 닭처럼 빠른 걸음으로 이상한 새가 있는 곳으로 다가갔다. 유리새들도 이미 그곳에

와 있었다. 유리새가 오목눈이와 방울새를 보고 말했다.

"너희가 웬일이야?"

방울새가 꽁지깃을 세우며 대답했다.

"몰라, 몰라."

"우린 그냥 너희 따라왔지."

오목눈이가 방울새의 얼굴을 날개로 가리며 말했다. 유리새 부인이 다소 난감해하며 중얼거렸다.

"신음 같은 걸 듣고, 도와주러 왔더니만 그럴 필요가 없겠는걸."

그 이상한 새는 커다란 은색 새장 안에 있었다. 새하얀 털에, 눈은 까맣고, 머리 위에는 노란 깃털이 나 있었다. 유리새가 조심스레 접근하며 말을 걸었다.

"만나서 반가워. 난 유리새라고 해."

그 새는 앉아 있던 나뭇가지에서 한 바퀴 휙 돌더니 입을 열었다.

"사람들이 날 왕관앵무라고 부르지. 물 건너왔어."

"물 건너오다니?"

오목눈이가 눈을 휘둥그레 뜨곤 물어보았다.

"캥거루, 코알라 들어봤니? 내 고향 친구들이지."

앵무새는 가지에 거꾸로 매달린 채 자기소개를 했다. 유리새가 고개를 가만가만 끄덕이더니 심각한 표정으로 말했다.

"왕관앵무? 그런데 너 어디 아프니? 네가 계속 앓는 소리 같은……."

유리새의 말이 채 끝나기도 전에, 이쪽으로 황급히 뛰어오는 조그만 여자아이가 눈에 띄었다. 깜짝 놀란 새들은 풀숲에 재빨리 몸을 숨겼다.

"꾸꾸야. 잘 잤니? 자, 그럼 세상에서 가장 아름다운 네 노래 좀 들려줄래?"

소녀가 가쁜 숨을 몰아쉬며 재촉했다. 왕관앵무는 입을 크게 벌리더니 노래를 부르기 시작했다.

"우후후 꾸꾸. 우후후 꾸꾸."

앵무새가 노래할 때마다, 소녀는 폴짝폴짝 뛰며 즐거워했다.

"저런 저런…… 신음 같은 노래였군 그래."

오목눈이가 작은 소리로 중얼거렸다. 방울새가 말했다.

"세상에, 저것도 노래라고……."

한참을 즐겁게 뛰어놀던 소녀는, 하품을 한 번 크게 하더니, 손을 흔들며 말했다.

"이제 낮잠 자러 가야겠어. 고마워, 꾸꾸야. 네가 최고야. 내일 또 놀자."

소녀가 집으로 들어가자, 새들은 앵무새에게 돌아갔다. 유리새가 말했다.

"네 노래는 참 색다르다."

앵무새가 어깨를 으쓱하며 대답했다.

"난 시끄러운 건 질색이야. 아까 왔던 여자애도 마찬가지지. 단, 내 노랫소리는 달라. 이 고요한 정원에 흐르는, 그래! 영혼을 울리는 목소리라고나 할까!"

방울새가 말했다.

"여러 친구가 함께 노래하면 얼마나 좋은데 그래. 그 여자아이도 더 좋아할 텐데."

왕관앵무가 고개를 설레설레 흔들었다.

"싫어! 안 돼. 이 정원에서는 나만 노래를 불러야 해. 그 애는 내 노래만 들어야 한다고. 다른 새들은 무식하고, 교양 없고…… 그들이 지저귀는 소리는 소음일 뿐이야. 만약에 새들이 마구 지껄이는 소리를 듣게 된다면, 난 미쳐버리고 말 거야."

앵무새는 툴툴거리더니 모이통에 머리를 박고, 우걱우걱 모이를 먹기 시작했다. 앵무새가 먹는 모습을 보자 새들은 갑자기 배가 고파졌다. 이곳에 오느라고 오후 내내 아무것도 먹지 않았던 것이었다. 방울새가 애처롭게 말했다.

"네 모이를 조금만 우리에게 나눠주지 않겠니?"

왕관앵무는 거만하게 얼굴을 치켜들고는, 발로 모이를 조금 흩뜨렸다. 바닥에 모이가 떨어지자, 새들은 떨어진 모이 주위에 둘러앉아 맛깔스럽게 먹기 시작했다. 방울새가 말했다.

"정말 고마워, 앵무새야. 감사의 표시로 내가 노래 한 곡 부를게."

"안 돼!"

앵무새가 소리쳤지만, 방울새가 이미 노래를 시작한 후였다. 방울새는 맑은 이슬을 머금은 잎사귀의 노래처럼, 특유의 아름다운 목소리로 노래를 부르기 시작했다. 노랫소리를 듣고 여자아이가 집 밖으로 뛰쳐나왔다. 앵무새가 안절부절못하며 날뛰자, 모이통이 흔들리면서 모이가 새장 주변으로 마구 떨어졌다.

유리새 부부와 방울새 그리고 오목눈이는, 떨어지는 모이를 주워 먹으며 함께 노래를 부르기 시작했다. 소녀는 귀여운 꼬마 새들의 방문에 기뻐하며, 신선한 모이를 듬뿍 가져다 주었다. 그들의 노래가 근처 숲까지 퍼지자, 한 마리 한 마리 숲 속 새들이 이곳으로 모여들었다. 기쁨에 넘친 새들은 맛있는 모이를 먹으며 목청껏 노래했고, 앵무새는 더욱더 날뛰었다.

소문은 숲 속 모든 동물 친구들에게 퍼져, 이제 날마다 수많은 새가 이곳을 방문해 노래를 불렀고, 소녀는 새들에게 아침저녁으로 모이를 듬뿍듬뿍 주었다. 함께 어울려 노래 부르기를 거부한 왕관앵무는, 세상에서 가장 아름다운 새들의 노래에 날마다 시달려야 하는 고통 아닌 고통을 당하게 되었다. 화를 참지 못한 앵무새는 자기 털을 뽑고, 모이를 흩뜨리며, 시끄러운 소리까지 꽥꽥 내질렀는데, 그 버릇은 오늘날 자손들에게까지 이어져, 지금까지도 앵무새들은 모이를 흩뜨리고 꽥꽥 소리를 지르는 등, 짓궂은 짓을 즐기게 되었다.

토끼 부인과 두더지 할머니

얼음같이 투명한 햇살이 내리쬐는 이른 아침, 하얀 털이 보송보송한 토끼 부인이 채소밭에서 열심히 여러 가지 채소를 캐고 있었다. 토끼 부인은 한 번씩 고개를 들어 경계하듯 주위를 두리번거리곤 다시 하던 일을 계속했다.

"우리 귀여운 아이들이 기다릴 텐데. 서둘러야겠다."

토끼 부인은 캐낸 채소를 바구니에 바쁘게 챙겨 담고는 걸음을 재촉해 쏜살같이 집으로 향했다. 밭뙈기 옆에는 커다란 고목 몇 그루가 서 있었는데, 그곳에 앉아 있던 작은 새들이 멀어져 가는 토끼 부인을 보며 들뜬 목소리로 함께 노래했다.

"하얀 털의 토끼 부인,
  오늘도 바구니에
  채소 한 아름을 담아갔네."

토끼 부인은 매일 이른 아침, 밭에서 채소를 자주 캐갔는데, 사실 그곳의 주인은 토끼 부인이 아니라 근처 통나무집에서 사는 나이 지긋한 두더지 할머니였다. 두더지 할머니는 통나무로 만들어진 작은 집에서 혼자 살고 있었다. 그녀에게는 가족이나 친구가 아무도 없었다. 다만 밭에서 자라나는 갖가지 작물들만이 작은 위안이 될 뿐이었다. 두더지 할머니는 집을 나서기 전 청소, 빨래, 설거지 등 여러 가지 집안일을 늘 해놓고 나왔는데, 밭에 도착할 때면 이미 아침 시간을 훌쩍 넘기는 경우가 많았다. 매일 이른 시각, 토끼 부인이 농작물을 뽑아 가는 걸 아는지 모르는지 그녀는 밭에서 묵묵히 일할 뿐이었다.

햇살이 다사로운 오후가 되면, 흰 토끼 부인은 아이들을 데리고 집에서 채소밭까지 산책을 나왔다. 숲 속에 있는 토끼 부인의 집은 빽빽하게 들어찬 나무들 때문에 햇빛이 잘 들지 않아 채소밭까지 매일 산책을 나와야 했다. 두더지 할머니가 일하는 시간에 그곳까지 아이들을 데리고 나온다는 게 사실 쉬운 일은 아니었다. 하지만 오후의 따뜻한 햇볕을 아이들이 좋아해 날마다 두더지 할머니의 밭을 거쳐 갈 수밖에 없었다. 토끼 부인은 종종 두더지 할머니와 마주치기도 했지만, 그녀는 매번 밭일에만 열중할 뿐 아무 말이 없었다.

작은 새들은 낮볕을 피해 고목의 나뭇가지에서 늘 휴식

을 취했는데, 토끼 부인이 눈에 띌 때마다 목청껏 노래를
불렀다.

"하얀 털의 토끼 부인,
 오늘도 바구니에
 채소 한 아름을 담아갔네."

 하지만 두더지 할머니는 작은 새들의 노랫소리에도 별
다른 내색을 하지 않았다. 하얀 털이 보송보송한 두 마리
의 아기 토끼들은 채소밭에 도착하면 눈부시게 밝은 햇살
을 받으며 깡충깡충 이리저리 뛰어다녔다. 그러다가 한 번
씩 돌부리에 걸려 넘어질 때도 있었다.
 "얘들아! 뛰는 건 위험하니까 천천히 걸어 다녀야지."
 토끼 부인이 걱정되어 주의하라고 번번이 말하였지만,
아이들을 멈추기에는 역부족이었다. 결국 몇 번 넘어지고
나서야 뛰는 걸 멈추었다.
 "여긴 위험한 돌멩이들이 너무 많아. 그러니 아이들이
자꾸 걸려서 넘어지고 다치지."
 한 번은 돌멩이들을 몇 개 치워보기도 했지만, 그 양이
엄청나 어쩔 수 없이 포기하고 말았다. 아기 토끼들이 넘
어질 때마다 두더지 할머니도 깜짝 놀라 매번 일손을 멈

추고 아이들을 바라보았지만, 곧 다시 밭일에 열중했다.

이른 아침 밭에서 채소를 훔쳐가고 오후엔 아이들과 산책을 나오는 토끼 부인의 일상이 반복되는 가운데, 어느 때부터인가 아기 토끼들이 돌부리에 걸려 넘어지는 횟수가 서서히 줄기 시작했다. 토끼 부인은 마음속으로 '우리 아이들, 이젠 넘어지는 횟수도 줄고 잘 뛰어다니는구나!'라며 내심 아기 토끼들이 기특하고 자랑스럽기까지 하였다.

그러던 어느 날, 평소보다 일찍 산책을 나온 토끼 부인은 고목의 그늘에서 쉬고 있는 작은 새들의 대화를 우연히 듣게 되었다.

"그거 아세요? 세상에나! 채소를 늘 훔쳐가는 토끼 부인의 애들 있잖아요. 걔들을 위해서 두더지 할머니가 길가에 널려있는 돌멩이들을 매일 치운다고 하네요."

갈색 빛깔의 휘파람새 한 마리가 말을 마치자, 옆에 있던 멧새가 놀란 표정으로 물었다.

"정말이에요? 누가 그러던가요?"

휘파람새가 말을 이었다.

"내가 그걸 들었다오. 두더지 할머니가 돌멩이들을 치우면서 말하는 걸 분명히 들었어요. 아기 토끼들이 돌부리에 걸려 넘어지는 일이 잦으니까 어서 서둘러야 한다며 매일 치우던 걸요."

이야기를 듣고 있던 나이 든 올빼미가 혀를 차며 말했다.

"쯧쯧, 밭에서 매일 농작물을 훔쳐가는데, 그걸 알고 있으면서도 그들에게 온정을 베풀다니 이해가 안 돼. 두더지 친구들은 원래 귀가 밝기로 유명한데, 우리가 날마다 토끼 부인에 대해 부른 노래를 못 들었을 리 없지."

멀찍이 떨어진 곳에서 새들의 이야기를 듣고 있던 토끼 부인은, 믿을 수 없다는 표정으로 두 귀를 고목 쪽으로 최대한 가까이 갖다 대며 혼자 되뇌었다.

"내가 채소를 훔쳐가는 걸 알면서도 우리 아이들을 위해 돌멩이들을 손수 치우다니!"

오직 아이들을 위한다는 생각만으로 매일 채소를 훔쳐왔던 자신의 행동이 한없이 창피해지는 순간이었다. 토끼 부인은 그 길로 아이들을 데리고 두더지 할머가 있는 채소밭으로 갔다. 할머니를 만나 그간 있었던 자신의 잘못을 이야기하자, 두더지 할머니는 환한 미소를 띠며 말했다.

"토끼 부인 사정이 짐작이 갔었어. 숲 속에는 햇빛이 잘 들지 않아 신선한 채소를 구하기가 쉽지 않지. 아이들을 위해서 한 일인데 그렇게 난처해할 것 없어요."

두더지 할머니의 따스한 마음씨에, 토끼 부인은 자신도 모르게 부끄러움으로 얼굴이 붉게 달아올랐다. 얼마나 미안하고 당황스러웠는지 두 눈까지 빨갛게 물들고 말았는데, 그때 이후로 흰 털을 가진 토끼들은 양쪽 눈이 모두 빨간색을 띠게 되었다. 또한, 돌멩이들을 늘 치우던 두더지 할머니는, 그만 목이 뻣뻣해져 하늘을 올려다보기가 어려워졌는데, 그 이후로 목뼈가 굳어져 해님을 제대로 쳐다볼 수 없었다.

하지만 눈이 빨개진 토끼 부인과 목뼈가 굳은 두더지 할머니는 어느 때보다 행복했다. 날마다 토끼 부인은 숲속의 나무열매를, 두더지 할머니는 싱싱한 채소를 서로에게 나눠주며 아이들과 더불어 한가족처럼 즐겁고 행복하게 잘살게 되었다.

초록 지붕 집

1

청년은 한껏 기대에 부풀어 있었다. 하고 싶은 일을 마음대로 할 수 있는 사람이, 세상에는 그리 많지 않다고 생각했다. 신께서 주신 하나의 축복이었다. 청년은 차에 짐을 실으며 미소를 지었다.

"초록 지붕 집이라……."

그는 눈을 게슴츠레 뜨고, 운전석 등받이에 몸을 기댔다. 청년을 실은 화물차는 쏜살같이 시내 중심가를 지나, 시외로 빠져나갔다.

시간이 얼마나 지났을까. 한 손으로 핸들을 잡고, 졸린 눈으로 앞을 응시하고 있는데, 별안간 목적지임을 알리는 안내판이 시야에 들어왔다.

"초록 지붕, 초록 지붕…… 아, 저기 있구나!"

오래된 가옥들이 한데 어우러져 옹기종기 모여있고, 거기서 좀 떨어진 곳에 기와집 한 채와 초록 지붕을 덮어쓴 집 하나가 보였다. 청년은 망설임 없이 그곳으로 향했다.

차가 멈추어 섰을 때, 그는 눈 부신 햇살 아래 생기 있는 나뭇잎처럼 반짝반짝 초록빛을 발하고 있는 집을 보았다. 청년은 차 문을 열기 전에, 크게 숨을 한 번 쉬고는 마음을 가누었다. 힘껏 차 문을 열자 뜨거운 열기가 훅 느껴졌다. 순간 청년은 자신을 뚫어지게 쳐다보고 있는 한 노부인과 누런 개 한 마리를 보았다. 눈이 마주치자, 어색한 순간에서 빨리 벗어나려는 듯이 그가 재빨리 말했다.

"저…… 할머니, 여기가 초록 지붕 집인가요?"

손가락으로 초록 지붕을 가리키며 청년이 물었다.

"그렇네만."

할머니는 한 손으로 누런 개의 몸을 쓰다듬으며 대꾸했다. 청년은 할머니로부터 시선을 돌려, 초록 지붕 집을 기분 좋게 위아래로 훑은 뒤 말했다.

"이야, 찾긴 바로 찾았네. 처음 뵙겠습니다, 할머니. 오늘부터 이 집에서 살게 됐습니다."

청년의 유쾌한 어조에 안심된 듯, 할머니도 미소를 띠며 대답했다.

"만나서 반갑구려. 초록 지붕 집 옆에 있는 낡은 집이 내가 사는 곳이라오."

"네? 정말요? 이웃 분이시라니…… 이거 정말 반가운데요."

청년은 할머니를 보며 연신 싱글벙글하더니, 그녀 옆에

서 북슬북슬한 꼬리를 세차게 흔들고 있는 누런 개를 가리키며 말했다.

"우와! 이놈 정말 잘생겼네. 진돗개 같은데, 이름이 뭐죠?"

할머니는 개를 어루만지며 자랑스럽게 대꾸했다.

"누렁이라고 하지."

청년은 겸연쩍은 듯이 한쪽 눈썹을 치켜세우곤, 장난기 섞인 목소리로 양팔을 벌리며 소리쳤다.

"누렁아! 이리 온."

누렁이는 할머니 손길을 뿌리치곤, 기다렸다는 듯이 얼른 청년에게 안겼다. 그는 약간 놀란 표정을 짓고는 "이놈 꽤 영리한데!"라며 누렁이 가슴팍을 툭툭 쳤다. 누렁이도 신이 났는지, 앞발을 들어 아래위로 흔들었다.

청년은 매일 아침, 누렁이 덕분에 자명종 시계 없이 잠자리에서 일어나는 기막힌 경험을 할 수 있었다. 옆집 할머니 말로는, 날마다 그녀와 초록 지붕 집에 사는 사람을 깨우는 일은 누렁이의 몫이라는 거였다. 처음에는 믿기지 않았지만, 누렁이의 숨결을 느끼며 눈을 뜨게 되면서부터, 청년의 하루는 누렁이로부터 시작되었다. 누렁이는 일찍 일어나자마자 비스듬히 열려있는 문을 열고는, 뜨근뜨근한 혀로 잠자고 있는 청년의 얼굴을 한참씩 핥았다. 누렁이의 공격에 압도되어 눈을 뜰 때면, 기대에 찬 눈으로 자신을 바라보고 있는 순진무구한 모습이 보이는 것이었다. 때로는 졸음에 거워 다시 눕고 싶을 때도 있었지만, 누렁이의 모습을 보는 순간 남아 있던 잠이 씻은 듯이 늘 달아났다.

청년은 읍내 장터에 자주 갔는데, 그럴 때면 운전석 옆자리는 매번 누렁이 차지였다. 운전대를 한 손에 쥐고, 누렁이에게 이런저런 얘기를 할 때면, 누렁이도 혀를 내밀곤 꼭 한마디 거들었다.

"핵…… 핵……."

그는 대학에서 생물학을 전공했다. 학교에 다니다가 우연한 계기로 농산물 품종 개량에 눈을 돌린 후, 오랜 노력 끝에 마음 놓고 공부할 수 있는 이상적인 장소를 마련한 것이었다. 그는 초록 지붕 집이야말로, 자신의 삶과 꿈을 모두 충족시켜줄 수 있으리라 특별한 기대를 품었다.

그의 마당에는 차츰 생소한 나무들과 기계들이 들어섰다. 은박지에 겹겹이 싸인 모과나무가 보이기 시작했고, 선홍색을 띤 이름 모를 덩굴식물도 심겼다. 청년은 가끔 그의 학교 동기나 선후배들을 집으로 불러들였는데, 그럴 때면 으레 할머니가 음식 장만을 해주었다. 그러다가 한 번은 그들이 나누는 대화 중 일부를 할머니도 들을 수 있었다.

"자넨 정말 괴짜야. 다음 달에 착공한다고? 하하……."

"어머, 선배 축하해. 멋진 실험 장소가 되겠는걸!"

무슨 말인지 잘 이해되지는 않았지만, 초록 지붕 집에 새로운 변화가 있으리라는 걸 할머니는 짐작할 수 있었다.

그러던 어느 날 오후, 할머니가 고추 다듬는 일을 막 끝내고 누렁이 점심을 챙기고 있을 때, 옆집 청년이 마당 안으로 들어오며 외쳤다.

"할머니, 드디어 내일 시작입니다!"

할머니는 누렁이 밥그릇을 바닥에 내려놓으며 말했다.

"뭐…… 집을 실험실로 바꾼다는…… 그거?"

"예, 지붕은 떼어내고 그 위에다 빛이 반사되는 창을 설치해야 해요. 이 층 공간은 유리 온실을 만들고. 참, 통로를 넓히려면 벽도 뜯어야겠군."

그의 말을 다 듣고 난 뒤, 노부인은 잠시 침묵했다. 그러다가 청년을 다시 쳐다보며 고개를 저었다.

"이런 말을 해도 될지 모르겠지만, 젊은이. 자네 집은 정말 아름답고 소중한 곳이야. 이 마을에서 초록 지붕 집을 모르는 사람이 없지. 그만큼 그곳은 추억이 가득하고 의미 있는 곳이야. 지금은 자네가 심은 희귀한 나무에 가려져 시들어가고 있는 예전 나무들도…… 나는 다만…… 그러니까 뭐라고 할까……?"

청년은 알았다는 듯이 고개를 끄덕이더니, 어려운 결심

을 한 용사의 눈빛으로 자신의 의지를 피력했다.

"할머니가 무얼 말씀하시려는지 알겠어요. 이곳에 온 지는 얼마 안 됐지만, 저도 초록 지붕 집을 좋아해요. 고향 같은 이 마을도요. 실험 때문에 고통받을지도 모를 마당의 나무들도 가여워요. 하지만 이게 제 직업이고 스스로 감당해야 할 몫인 걸요. 무슨 일을 하든지 얼마간의 변화와 희생은 감수해야만 해요. 절대 후회할 일은 만들지 않겠습니다."

청년은 잠시 주춤하더니 계속 말했다.

"할머니, 전 이곳을 무척 아끼고 있어요. 벌써 정도 많이 들었고요. 할머니, 누렁이…… 모두 제게 고맙고 소중한 존재예요. 절대 실망하게 하지 않겠어요."

청년의 굳은 의지에 할머니도 고개를 끄덕일 수밖에 없었다.

2

첫눈이 내릴 무렵, 두어 달 만에 청년의 실험실이 완공되었다. 이백여 장의 유리판으로 만들어진 건물로, 마치 직사각형 유리 상자를 몇 개 포개어 놓은 듯한 낡은 조형물로 보이기도 했지만, 청년은 매우 흡족해했다. 다만 그가 생각하기에 몇 가지 사소한 문제점이 남아있었다. 온실 유리의 안정성, 정리가 잘 안 되는 약품들, 마당에 지나치게 들어찬 나무들이 그것이었다. 청년과 누렁이는 나란히 앉아 완성된 실험실을 올려다봤다.

"어때? 괜찮아 보여?"

청년의 물음에 누렁이는 대답 대신 그의 얼굴을 핥았다.

"하하 녀석. 너도 좋으냐?"

청년은 누렁이를 쓰다듬으며 계속 말했다.

"이제야 내 인생이 제자리를 찾은 것 같군. 누렁아, 그만 일어나자. 조금 전보다 눈이 더 내리는데 그래? 할머니한테 가보자."

할머니는 어스름한 불빛 아래 고풍스러운 이불을 펴 놓고, 거기에 가만히 앉아 바느질을 하고 있었다.

"할머니, 어둡지 않으세요?"

청년이 다가가며 걱정스럽게 물어보자, 그녀는 바느질하던 손을 멈추고 대답했다.

"괜찮아. 그건 그렇고 밖이 꽤 추운가 보지. 코끝이 아주 빨간데 그래?"

할머니가 옆에 앉으라고 손짓하며 계속 말했다.

"이제 집수리는 다 끝났지?"

그가 자리에 앉으며 공손히 대답했다.

"예, 걱정해주신 덕분에 무사히 마쳤어요."

누렁이는 할머니에게 가려다가 바늘을 보곤 깜짝 놀라, 청년 무릎 위에 올라앉았다. 할머니가 누렁이를 보며 웃었다.

"후후. 우리 누렁이도 아주 의젓해졌지. 작년까지만 해도 눈이 오면 그렇게 좋아하더니만. 참, 내 정신 좀 보게. 잠시 기다리게. 고구마 삶은 것 좀 가져올 테니."

할머니가 방을 나가자, 청년은 시렁 위에 놓인 액자에 눈을 돌렸다. 액자 안에는 빛바랜 사진 한 장이 꽂혀 있었다.

"육칠 년쯤 된 것 같은데……"

그는 혼자 중얼거리며 얼굴을 사진에 더 가까이 가져갔다.

"이건 할머니고, 음…… 이건 아들인가 보네. 아들이 두 명인가?"

사진을 들여다보고 있는데 한 손에 고구마가 놓인 쟁반을 들고 할머니가 들어왔다. 그는 얼른 액자를 제자리에 놓고, 옆에 있던 라디오를 켜며 당황한 목소리로 말했다.

"할머…… 할머니, 이 음악 참 좋죠?"

그녀가 다소 수상쩍다는 듯이 쳐다보자 청년은 더 안절부절못했다. 할머니가 대꾸했다.

"자네도 참. 웬걸? 음악은 무슨…… 자네 귀에는 기상정보가 음악으로 들리는가? 실없는 소리 말고 고구마나 들게."

순간 그의 얼굴이 새빨개졌다. 청년은 애써 태연한 척하며 침착을 되찾으려는 듯, 고구마 하나를 냉큼 한 입 베어 물고는 말했다.

"정말 맛있는데요."

할머니는 청년을 더없이 무안하게 만들 최후의 일격을 가했다.

"우리 밭에서 얼마 전 캔 거라네. 그런데 방이 너무 뜨거운가? 자네 얼굴이 꼭 홍당무 같구먼. 호호호……."

그 말을 하며 재미있어하는 할머니 웃음소리가 그에게는 순간 심술궂은 노부인의 웃음소리처럼 들렸다. 무릎 위에서 슬그머니 기어나온 누렁이는, 코를 벌름거리며 고구마 쟁반 위로 얼굴을 가져갔다. 그가 우물우물 씹던 고구마를 뱉어 누렁이에게 건네자, 누렁이는 불만 섞인 목소리로 자기 입장을 확고히 했다.

"끄…… 으…… 응……."

할머니는 바느질감을 다시 손에 잡으며 말했다.

"일이 다 끝나서 하는 말인데…… 집 모양이 좀 이상하지 않나? 그리고 자네 집 주변에 있던 나무들이 많이 쇠약해져 가는 것 같아."

청년은 걱정할 필요 없다는 표정으로 일축했다.

"나무가 시들은 건, 아마도 저번에 산성수 실험 때문에 그렇게 된 거 같아요. 집 모양이야 온실이나 그밖에 좌우로 뻗은 파이프 때문에 그렇게 보이는 거고. 나무야 다시 생기를 되찾을 겁니다. 더군다나 생명체는 그 정도로 무력하지 않으니까요."

할머니는 사색하듯 손을 턱밑에 괴고는 말했다.

"정작 변하는 건 할 수 없지. 어차피 늘 변하니까. 우리 집 양반이 생전에 심었던 등나무도 많이 시들었지. 그렇다고 자네를 탓하는 게 아니야. 난 더 큰 선물을 받았잖나. 이렇게 외로운 처지에 있는 내게, 자네 같은 이웃이 생긴 건 정말 하늘이 주신 축복이지. 그렇고 말고…… 안 그러냐, 누렁아."

"할머니도 참……."

그는 감동되어 말을 끝까지 잇지 못했다. 청년은 손을 뻗어 할머니 손을 꼭 쥐었다. 그러자 별안간 누렁이도 한몫 거들었다. 그 물컹물컹하고 축축한 혓바닥을 그들 손에 마구 비벼댄 것이다. 부드러운 미소를 머금은 채 손을 닦고 있는 할머니를 보며, 청년은 초록 지붕 집을 고치기 전, 그녀가 지켜나가려던 그 무엇을 어렴풋하게 느낄 것도 같았다. 청년이 한참 감상에 젖어 있는데, 할머니의 온화한 표정이 돌연 무엇에 놀란듯한 모습으로 바뀌었다.

"왜 그러세요?"

눈을 크게 뜨고 청년이 묻자, 할머니는 얼굴을 찌푸리며 라디오 소리를 더 크게 했다. 라디오에서는 기상속보가 나오고 있었다. 청년이 라디오 쪽으로 돌아앉자, 할머니가 다급해진 목소리로 말했다.

"지금 라디오에서 말하고 있는 지역에는 우리 마을도 속해 있어. 몇 년 전에도 한 번……."

그가 할머니 쪽으로 머리를 돌리며 말했다.

"할머니, 도대체 무슨 일이죠?"

그녀는 겁먹은 사슴 같은 눈을 하고선 몸서리쳤다.

"방금 대기가 불안정하다고 그랬어. 이렇게 눈이 많이 오는데 말이야. 그때와 똑같아. 느낄 수 있어."

청년은 그녀 손에 들려 있는 실 가닥이 심하게 떨리는 것을 보았다.

"할머니, 무슨 말씀이세요? 눈이 많이 오는 게 어때서요. 대기가 불안하다뇨? 도대체 무슨 말씀이세요? 그런 괜한 걱정은……."

청년의 말이 끝나기도 전에 할머니가 다시 입을 열었다.

"초록 지붕을 떼어낼 때 자네도 봤겠지. 끝 부분이 많이 떨어져 나간 걸. 그것들이 다시 올 거야. 그때 많은 걸 잃었는데……."

할머니가 말을 채 끝내기도 전에, 별안간 큼직한 돌멩이가 나무를 내리찍는 듯한 둔탁한 소리가 밖에서 들렸다.

순간 청년은 차갑게 굳은 표정으로 변한 할머니의 얼굴을 보았다. 불안감을 느끼기 시작했는지 누렁이가 신경질적으로 짖어대기 시작했다.

"이게 무슨 소리죠?"

청년이 할머니에게 묻는 것과 동시에, 이번에는 전등과 라디오가 연거푸 꺼졌다. 방안은 순식간에 칠흑 속에 묻혔다. 누렁이가 짖는 소리만 더 크게 들릴 뿐, 어디에 있는지 보이지도 않았다. 밖에서 다시 한 번, 우레와 같은 진동이 느껴지더니, 순간 가파른 절벽에서 자갈 더미가 떨어지는 듯한 굉음이 연이어 울렸다. 청년은 오한을 느꼈다.

'이건……!'

엄청난 양의 우박이 강한 눈보라와 함께 순간적으로 내리치고 있었다. 바람 소리와 떨어지는 우박소리에 묻혀, 할머니 말소리가 아주 희미하게, 간헐적으로 들려왔다.

"이곳에…… 눈보라…… 지독…… 우박…… 아주 독한…… 이야."

청년은 높게 포효하는 폭발음 속에서 문득 잠을 자면 어떨까 하는 엉뚱한 생각을 잠깐 했다. 정신을 차리고 잠시 후, 밖이 잠잠해지는가 싶더니 이번에는 탐욕스럽게 울부짖는 늑대 울음과도 같은 바람 소리와 함께 다시 한 번 눈사태를 연상케 하듯, 강한 바람에 실려 우박이 마구 쏟아져 내리기 시작했다. 순간 창틀이 우지끈거리더니, 유리 창이 날카롭게 갈라지는 듯한 소리가 들렸다. 잠시 후 펑 하는 폭발음과 함께 유리창이 사방으로 깨져나갔다.

"으악!"

순간 방 안에는 청년의 예리한 비명이 울렸다. 원수에게 쏜 독화살처럼, 유리 파편 하나가 놀라우리만치 빠른 속도로 날아가 청년의 팔꿈치를 벤 것이었다. 그는 예리한 통증을 느끼며 다친 부위를 움켜잡고 주저앉았다. 이를 본 누렁이가 어느새 청년에게 다가가 상처 주위를 핥기 시작했다. 종잇조각 같은 것들이, 무력하게 깨진 창문을 통해 들어오는 바람을 타고, 재난을 축하라도 하듯이 마구 흩날렸다. 밖에서는 심지에 불꽃이 타오르듯, 난폭하게 휘몰아치는 바람 소리, 유리가 깨져 나가는 소리 등이 한데 뭉쳐져, 세상 끝에서나 느낄 수 있을 것 같은 끔찍한 공포를 자아내고 있었다.

'유리……!'

청년은 생각이 거기에 미치자, 움켜잡았던 팔꿈치에서 손을 떼곤 벌떡 일어났다.

"자네 설마 밖으로 나가려는 건 아니겠지?"

할머니의 걱정도 외면한 채, 청년은 밖으로 뛰쳐나갔다. 누렁이도 잠시 머뭇거리더니 곧 뒤쫓아갔다.

3

청년이 집 밖으로 나오자, 사방은 거짓말처럼 고요했다. 청년 뒤에서 할머니가 허겁지겁 뒤따라오며 소리쳤다.

"잠깐 기다리게. 꼭 가야겠거든 이걸 가지고 가게."

노부인은 손에 든 손전등을 황급히 건네며 덧붙여 말했다.

"날씨가 언제 나빠질지 모르니 빨리 갔다 와야 해."

청년은 한 번 웃어 보이고는 발걸음을 재촉했다. 눈이 많이 쌓여 걸음을 옮길 때마다 발목까지 눈 속에 자주 파묻혔다. 그는 손전등 불빛을 집 곳곳에 갖다 댔다. 온실 외관을 이루고 있는 유리 벽면들은 이미 반 이상이 깨져 있었다. 걸을 때마다 유리 파편과 꺾인 나뭇가지들 때문에 여간 신경이 쓰이지 않았다. 청년은 이 층 온실로 향했다.

온실에 들어서자, 그곳은 흡사 전쟁터에서 간신히 목숨을 부지한 패잔병과 같은 모습으로, 앙상하기 그지없는 구조물들을 흉물스럽게 지탱하고 있었다. 온실 안에는 몇몇 손상을 적게 입은 작물들이 안간힘을 쓰며 바람에 견디고 있었고, 아무렇게나 내팽개쳐진 약품들이 약 올리듯 이리저리 굴러다녔다. 아연해하며 우두커니 서 있던 청년 뒤에서, 무언가가 그의 옷자락을 조심스레 잡아당겼다.

"누렁아!"

그는 몸을 숙여 누렁이 몸을 한쪽 팔로 감싸 안았다. 순간 그의 피부는, 누렁이의 부드러운 털들이 **빳빳하게** 곤두서는 걸 감지했다. 청년은 본능에 따라 고개를 얼른 치켜들었다. 음산한 잿빛 하늘에, 흩어졌던 구름이 다시금 모이고 있었다. 어둔 하늘은 어느덧 짙은 회색 구름으로 가득 찼다. 청년은 바짝 긴장하는 자신을 느꼈다. 누렁이는 그의 품에서 빠져 나와, 한 발 앞으로 나아갔다. 누렁이의 흰 송곳니가 섬뜩하리만치 입 밖으로 불거져 나왔다. 청년은 어깨 위로 무언가가 뚝뚝 떨어지는 것을 느꼈다. 우박이었다. 그러나 그의 온실과 실험실 유리들을 박살 냈던, 얼마 전의 위협적인 그것이 아니었다. 청년은 우박 알갱이가 떨어지는 모습을 침착하게 볼 수 있었다. 작은 알갱이. 지극히 평범한 기상현상 중 하나. 그가 지켜보는 가운데, 누렁이는 여느 때 하던 천진난만한 몸동작으로 돌아와, 이곳저곳에 코를 대고 킁킁거렸다. 바람이 한층 격해지고 있었다. 청년은 이따금 얼굴을 때리는 우박 알갱이들 때문에 신경이 곤두섰다.

"누렁아, 빨리 가자."

청년은 누렁이의 꼬리털이 바람 때문에 물결치듯 거세게 흔들리는 것을 보았다. 이제 바람은, 거친 눈발과 함께 온실 안을 구석구석 휘젓고 있었다.

"이런…… 날씨하고는……."

청년은 툴툴거리며 바닥에 두었던 손전등을 잡으려고 몸을 굽혔다. 순간 무언가가 온실 천장에서 심하게 흔들리는 게 어렴풋이 보였다. 청년은 잡으려던 손전등을 바닥에 그대로 둔 채 누렁이에게 다가갔다. 그는 누렁이의 목을 쓰다듬으며 중얼거렸다.

"예감이 안 좋아."

온실 천장에는 창틀 하나가 안으로 툭 삐져나와, 바람이 불 때마다 성난 파도처럼 요동치고 있었다. 그때 갑자기 하늘이 시퍼렇게 갈라지더니, 가는 빛줄기 하나가 순간적으로 번쩍거렸다. 누렁이가 머리를 쳐들고 짖어대는 것과 동시에, 흔들리던 창틀이 쏜살같이 바닥에 내리꽂혔다. 청년은 흠칫 놀라 뒷걸음치다, 바닥에 놓여 있던 손전등에 발이 미끄러져 뒤로 벌렁 나자빠졌다.

그는 팔과 어깨에 격심한 통증을 느끼며, 바닥에 쓰러진 채 신음을 토했다. 차가운 시멘트 바닥 위에서, 청년은 통증이 가라앉기를 기다리며 누워있을 수밖에 없었다. 누렁이가 그의 가슴 위에 머리를 기대는 게 느껴졌다. 사방에서 불어오는 차가운 바람 속에 시야가 점점 흐려져 갔다. 순간 청년의 몸을 일으키려는 억센 힘을 느끼며 그는 의식을 잃었다.

4

"정신이 좀 드나?"

방안에 가득한 햇살과 같이 포근한 미소를 머금은 할머니가 누렁이와 함께 청년의 옆자리에 앉아 있었다.

"어떻게 된 거죠? 온실에서 쓰러졌던 것까지는 기억이 나는데……."

그는 욱신거리는 어깨를 만지며, 나이 든 그녀를 물끄러미 바라보았다. 할머니가 말했다.

"자네가 나간 뒤에, 예전에 우리를 도와 일했던, 먼 친척 동생이 왔었어. 저번에도 한 번 이런 적이 있었는데, 그때 생각이 났었나 봐."

의아해하는 청년의 얼굴을 보고는, 할머니는 계속 말을 이었다.

"그때도 엄청났었지. 꼭 무슨 눈사태가 난 것 같았다니까. 어쩌나 거세게 눈보라가 몰아치던지. 농작물은 말할 것도 없고, 비닐하우스며, 심지어 키우던 닭도 반 정도 잃었어. 아, 친척 동생 얘길 하고 있었지. 그래, 걔가 왔었어. 내가 걱정됐나 봐. 그 애한테 자네 얘길 했더니 자네 집에 한번 가보겠다더군. 나간 지 얼마 안 돼 자네를 등에 업고 온 거야. 아침밥 먹고 돌아갔지. 오늘 저녁에 한 번 더 들르겠대."

청년은 크게 한숨을 내쉬고는 말했다.

"걱정 끼쳐 죄송해요. 정말 이건…… 그런 엄청난 눈보라…… 아니, 우박인가? 그런 건 처음 봐요."

할머니가 손을 저으며 대꾸했다.

"나도 평생에, 어제를 포함해 딱 두 번 봤어. 원래 이곳에 우박이나 눈보라가 일기는 해도, 어제 그건 기상…… 기상이변이라고 하지? 어제는 기상이변이라고밖에 달리할 말이 없군그래."

누렁이는 호기심이 발동했는지, 팔꿈치에 감겨 있는 붕대에 코를 대고 쿵쿵거렸다.

"녀석……."

청년이 손을 뻗어 기특하다는 듯이 머리를 다독거려주자, 누렁이는 꼬리를 줄기차게 흔들며 그에게 나지막한 음성으로 위로의 한마디를 던졌다.

"핵…… 핵……."

그는 절반쯤 가려진 커튼 사이로 자신의 집을 바라보았다. 할머니는 창가로 가서, 커튼을 활짝 걷었다. 청년에 대한 그녀의 세심한 배려였다. 그는 한참 동안 창 밖을 뚫어지게 바라보더니 이윽고 입을 열었다.

"오랜만인 거 같아요. 이렇게 편안한 기분은. 언제부터인가 이런 느낌을 잊고 지낸 것 같아요."

할머니는 문갑 위에 놓여 있던 전화 수화기를 들며 말했다.

"그런가? 후후. 참, 자네가 자고 있을 때, 학교 선배한테서 전화가 왔었어. 그리고 기운 내. 유리 몇 장 깨진 게 뭔 대수야."

할머니는 청년에게 종이 한 장과 수화기를 건넸다. 그는 말하지 않았지만, 한 권의 책보다도 더 많은 것을 일깨워 주는 그녀의 말 한마디에 깊은 감사의 마음을 느꼈다.

"이 번혼가요?"

청년이 종이에 적힌 전화번호를 손가락으로 가리키며 말했다. 할머니가 고개를 끄덕였다.

"여보세요. 아…… 형이야?"

할머니는 느꼈다. 청년의 목소리에는, 반년 전 이곳에 처음 왔을 때처럼 자신감과 따스함이 다시금 용솟음치고 있음을. 청년은 고개를 돌려 할머니를 보며 계속 말했다.

"아니, 형은 올 필요 없어. 그래, 괜찮아. 뭐? 안 만들 거야. 좀 더 공부한 뒤에 하지 뭐. 그리고 더 중요한 게 있거든."

청년은 할머니와 누렁이를 번갈아 바라봤다. 그는 활짝 웃어 보이곤, 한 손으로 엄지손가락을 들어 보였다. 청년은 수화기에 대고 계속 말했다.

"내 실험 때문에 못 쓰게 된 나무들…… 그걸 한 번 다시 가꿔보려고 해. 그래, 이 따뜻한 가슴으로! 하하하. 좀 이상해졌다고? 그리고 다시 원래대로 복구해야 할 게 있어. 그게 없으니까 허전하고 보고 싶은 거 있지."

청년은 한 손으로 수화기를 가리고는, 할머니에게 한쪽 눈을 살짝 감았다가 뜨며 큰 소리로 말했다.

"할머니, 그때 초록 지붕을 제가 어디다 놔뒀었죠?"

늪지의 괴수 2

하루가 지나고 이틀이 지나도 아비가 돌아오지 않자, 딸 아이는 배고픔과 두려움을 견디지 못하고 집을 나섰다. 여자아이는 밭에서 감자를 캐고 있는 아낙을 보고, 두 손을 입가에 모으고 있는 힘껏 소리쳤다.

"아주머니요, 지 아부지 못 보셨어라!"

밭일하던 여인이 고개를 들어 아이 쪽을 쳐다봤다.

"아가, 진 서방 어디 갔나?"

"이틀째 안 들어왔어라. 집에 아무도 없어라."

아낙네는 여자아이 곁으로 다가와 얼굴을 어루만지며 걱정 섞인 목소리로 말했다.

"저런…… 이 일을 어찌할꼬. 니 밥은 묵었나?"

아이는 힘없이 고개를 설레설레 저었다.

"우선 이 감자라도 좀 묵으라. 내가 시방 우리 바깥양반한테 찾아보라고 할 테니."

막 캐낸 감자 몇 개를 아이 손에 쥐여주며, 그녀는 인가 쪽으로 급하게 뛰어갔다. 감자를 받아 든 아이는, 마을을 가로막고 있는 큰 산을 바라봤다.

"아부지…… 아부지……."

여자애는 무엇에 홀린 것처럼 멍한 얼굴을 하고는, 어두운 숲 속으로 발길을 돌렸다.

산길을 오르느라 점점 지쳐갈 무렵, 귓가에 풀벌레 소리가 점점 더 크게 들리는가 싶더니, 나지막한 닥장버들 무리에 빽빽하게 에워싸인 거대한 늪지가 눈앞에 펼쳐졌다. 코를 찌르는 매스꺼운 냄새에 어지러움을 느낀 아이는, 늪 옆에 있는 바위에 몸을 기대고 풀이 듬성듬성 나 있는 진흙 바닥 위에 털썩 주저앉았다.

날이 어두워질수록 뉘엿거리던 속은 잦아드는 것 같았지만, 몸에는 한기가 점점 엄습해왔다.

"아부지, 추워라."

조그만 손으로 눈물을 훔치던 딸아이는, 불안한 마음을 달래기 위해 떨리는 목소리로 노래를 부르기 시작했다.

"심지 않아도 자라나는 들풀이 있어라.
 부르지 않아도 피어나는 들꽃이 있어라."

그때 컴컴한 늪 맨 한가운데에서 부유하고 있던 늪연말 무리가 요동치더니 물 위로 허연 거품이 부글거리며 숏구

치기 시작했다. 겁에 질린 아이는 그것을 보고 자리에서 벌떡 일어나 비명을 질렀다.

"아아…… 사…… 사람 살려! 사람…… 살려!"

여자아이는 공포에 짓눌려 몸을 움직일 수조차 없었다. 가쁜 숨을 몰아쉬며 눈앞에서 일어나는, 믿을 수 없는 광경을 지켜볼 수밖에 없었다.

어둑하고 축축한 피부를 굼틀거리며 집채만 한 몸뚱이를 드러낸 괴수. 어린아이는 그 자리에서 얼어붙은 채 아득한 구렁의 끝으로 떨어지고 있는 자신을 느꼈다.

"지도 아부지 곁으로 갈 시간이어라. 춥고 배고프지 않은 곳으로 갈 시간이어라."

아이의 두 눈에는 눈물이 하염없이 흘러내렸다. 거대한 물짐승은 아가리를 있는 대로 벌리더니 거친 숨을 한 번 몰아쉬곤, 쏜살같이 수면의 물줄기를 가르며 아이의 얼굴 바로 앞까지 다가와, 축축하고 사나운 대가리를 들이밀었다.

아이는 눈앞의 현실이 믿기지 않아 아연해하며 울먹였지만 피할 수 없는 운명 같은 것을 느꼈다. 아이는 몸을 웅크리고 눈을 감았다. 자신이 태어난 후 얼마 지나지 않아 숨을 거둔 어미를 만날 수 있다고 생각하니 가슴 한쪽이 찌릿하게 아려 왔다. 잘 먹지 못하고 없이 살아왔지만 그래도 오붓하게 서로 의지하며 지내왔던 아비와의 지난

삶이 빠르게 스쳐 지나갔다.

괴수 주둥이에서 끈적끈적한 침이 줄줄 떨어져 아이의 머리 위로 마구 흘러내리는 순간, 어디선가 갑작스레 어둠을 뚫고 시커먼 개들이 튀어나와 괴수를 향해 천둥이 휘몰아치듯 위협적으로 짖어대기 시작했다.

물짐승이 흠칫 놀라 고개를 치켜들자, 아이는 눈을 뜨고 느닷없이 나타난 검은 빛깔의 개들 중 한 마리를 향해 힘껏 소리쳤다.

"검둥아!"

한동안 보이지 않았던, 집에서 돌봐왔던 검둥개였다. 여자아이는 자신을 진정시키며 개들을 찬찬히 훑어봤는데, 자세히 보니 검둥이 옆에 있는 몇몇은 암회색 빛깔의 늑대였다. 검둥이는 그동안 야생에서 늑대 무리에 어울려 생활해 왔던 것이었다.

검둥개와 늑대들이 협공해 사납게 몰아붙이자 다소 주춤한 모습을 보이던 괴수는, 뜨거운 콧김을 뿜어내더니 또다시 무서운 기세로 여자아이에게 달려들었다. 검둥이의 등장으로 다소 기운을 얻은 아이는 괴수의 공격에 반사적으로 몸을 피해 보았지만, 순식간에 덮쳐 온 괴물의 아가리에 그만 팔을 덥석 물리고 말았다. 괴물은 아이의 팔을 물고 사납게 몸을 뒤흔들었는데, 놀란 아이는 고통과 절망감에 비명을 질렀다.

검둥개는 생사의 갈림길에 직면한 여자애를 한 번 쳐다보더니 맹렬한 기세로 몸을 날려, 자신보다 십여 배는 큰 괴수의 끈적거리는 잿빛 모가지를 닁큼 물었다. 괴물이 머리를 좌우로 거세게 움직이자, 물살이 폭풍 치듯 사방으로 일면서 아이와 검둥개도 함께 양옆으로 세차게 뒤흔들렸다. 검둥이는 물고 있는 이빨이 빠져나갈 듯 힘겨웠지만, 괴수의 목을 절대 놓아주지 않았다.

물짐승이 아이는 입에 문 채, 검둥개를 목에서 떼어버리려고 머리를 드세게 젖히는 순간, 먼 곳에서 여자아이와 아이의 아비를 부르는 사람들의 목소리가 희미하게 들려왔다. 마을 사람들은 손에 횃불을 들고, 산속 멀찍한 곳에서 늑대들이 짖어대고 있는 늪지까지 빠르게 거리를 좁혀오고 있었다.

심상치 않은 상황을 감지한 괴수는, 물고 있던 아이를 뱉어 진흙 바닥에 내동댕이치고는, 검둥개를 떨어뜨리려고 안간힘을 쓰며 미친 듯이 고개를 아래위로 흔들었다. 이윽고 힘이 빠진 검둥이가 괴수의 목을 놓고 늪가로 떨어져 나가자, 괴수는 날카로운 소리로 으르렁거리더니 어두운 숲 속으로 순식간에 사라져 버렸다.

바닥에 쓰러져 있던 검둥이는 마을 사람들이 늪지에 도착하자, 사력을 다해 몸을 일으키더니 늪지 근처에 있는 수풀 쪽으로 다가가 큰 소리로 짖기 시작했다. 사람들이 검둥개가 짖는 곳에 횃불을 비추자, 풀숲 사이로 길게 뻗어 있는 사람 팔 하나가 보였다. 무리 중 하나가 가까이 다가가 자세히 살펴보더니 소리쳤다.

"아니, 진 서방 아닌가! 여기 진 서방이 있구마!"

무리 중 다른 한 명은, 늪가에 누워 있던 여자아이를 일으키며 외쳤다.

"어린 것은 무사하여. 진 서방 딸은 무사하여!"

장정 둘은 진 서방과 그의 딸을 한 명씩 둘러업고는, 마을 사람들과 함께 밤이 더 깊어지기 전에 서둘러 늪지를 빠져나갔다. 멀어져 가는 사람들을 바라보던 검둥이는 안심된 듯, 상처 부위를 혀로 몇 번 핥더니 늑대 무리와 함께 산속 깊은 곳으로 자취를 감추었다.

다음 날 아침, 진 서방이 정신을 차리자, 딸아이가 눈물을 글썽이며 누워 있는 아비를 향해 애타게 소리쳤다.

"아부지! 정신이 좀 들어라?"

"그랴, 괜찮다. 기특하구나, 우리 딸."

아비가 엷은 미소를 지어 보이며 아이의 얼굴을 쓰다듬

자, 아이가 다시 입을 열었다.

"아부지, 검둥이가 저를 살렸어라. 검둥이는 늑대 무리의 우두머리가 됐어라."

아비가 눈을 감았다가 뜨며 고개를 끄덕였다.

"그놈이 역시 영특한 녀석이었구나. 그리고 아가. 네가 알아야 할 것이 있구마."

"네, 아부지."

그는 딸을 바라보며 당부하듯 말을 이었다.

"늪지의 그놈도 저 살아 보려고 나를 덮쳤지만, 곧 물 밖으로 뱉어냈구마. 나를 죽이지 않았구마."

아비는 깊은 한숨을 내쉬며 강한 어조로 덧붙였다.

"내가 주었던 주먹밥을 기억했던 게야."

그 후로, 늪지에서 괴물을 보았다는 사람들이 드문드문 있었으나, 진 서방과 그의 딸은 평생 괴수의 모습을 다시는 볼 수 없었다.